愿有人陪你

颠沛 流离

MAY YOU FREE FROM

ROVING
ALONE

卢思浩 作品

LUSIHAO · WORKS

北京联合出版公司
Beijing United Publishing Co.,Ltd.

愿有人陪你

颠沛　流离

卢思浩 著

LUSIHAO · WORKS

MAY YOU FREE FROM

ROVING ALONE

北京联合出版公司

先变成更喜欢的自己

然后遇到一个不需要取悦的人

◉ 目 录 / contents

关 于
△
友 情

contents / **目 录** ◉

关 于

♡

爱

目 录 / contents

We're Extremely

Fortunate Not

To

Know Precisely

The

Kind Of World We Live In.

不
完
全
阅
读
指
南
→
愿
有
人
陪
你
颠
沛
流
离

◉ 阅读天气指引

☀ ○ ☁ 🌧 ☁

⛅ ☽ ☁ 🌧 〓

🌤 ☾ ☁ ⛈ 💨

☀ ☾ 🌧 ☁ ˚C

○ 🌡 ❄ ☔ ˚F

* 在每篇文章结尾处提供适合阅读本篇文章的天气

◉ 背景音乐推荐

◁ ─────────── ◁))

BGM: Dj Okawari *Flower Dance*

BGM: 五月天《咸鱼》

BGM: WANDS《直到世界的尽头》

……

* 在每篇文章结尾处提供适合阅读本篇文章的音乐

◉ 写在前面的话

2009 年，我来到墨尔本。在飞机上，我给自己列了一个单子，写满了这几年要做的事。转眼到了 2014 年，回头看，单子上的事除了学会做饭以外，做到的寥寥无几。

其中有一条是要交到很多好朋友，最好是来自不同国家的。要和各国人民打成一片，最好孤独这种东西永远不要出现在自己的生活里。然而，孤独在很短的时间内席卷了我的生活。

这是我之前完全想不到的情形，那时我觉得以我的个性，交朋友肯定不是难事。然而诡异的是，尽管我有五花八门的朋友，却始终没有好友或者知己。久而久之，我认识的人越来越多，朋友圈却越来越小，直到前几年才最终确定下来。

好像应该难过一下，可又觉得没什么好难过的。我们之所以觉得成长是一件糟糕的事，是因为我们没有变成自己喜欢的样子。还好我没有，虽然很多事情没能做到，至今仍然觉得可惜，但好在我没有变成自己鄙视的那种人，还不准备把我的世界让出去。

出乎意料的事除了这件，还有一件：如今，我正坐在电脑桌前为新书写序。

我们是幸运的，却也是孤独的。我们发现世界远比自己想象的宽广，却又找不到适合自己的路；我们发现人与人之间认识的方式越来越多样，可能走进心里的人却越来越少；我们发现自己已经到了儿时羡慕的年纪，却没变成儿时羡慕的那种人。

然而，我们只能选择向前走。即使迷茫，也得往前走。我们碰壁，我们跌倒，我们迷茫，然后爬起来继续往前走。在很长一段时间内，因为突如其来的孤独感，和朋友之间越来越少的联系，我开始觉得自己是孤身一人。

这个时候，我开始写字。

我开始尝试写下自己的心情，了解自己在想什么；我尝试着记录生活，从中了解我能够做什么。

了解我的人都知道，我无比依赖音乐。只要一有空闲，我就会戴上耳机。在每篇文字的最后，我会选上一首当时写那篇文字时听的歌。很多时候，我没明白这些歌对我的意义。当开始写字的时候，我开始明白，我之所以会这么热爱音乐，是因为在音乐里，我能听到我自己。我可以清晰地感觉到自己不是孤单的，至少自己孤身一人时的所有心情都被写进歌里了。

文字也是如此。

于是便有了这本书，这本书里记载着很多关于我，或者是我身边的故事。写着我是怎样在孤独中熬了过来，写着我是怎样在迷茫中走到了现在，写着我是怎样在一次次熬夜中找到了自己的节奏。

我如今依旧迷茫，但这不是对现状的不安，而是不知道未来会发生什么。我想，只要我们还在向前走，就无法确信明天会发生什么。正因为如此，今天的我们才要把现下的每一步走好。

如今，这已经是我的第三本书了。其实，感谢的话在心里说了几万次，可常常说不出口。我想有些话不用说你们也能懂，否则你们不会拿起这本书看到现在。有人问读书和看电影有什么用。我觉得读书、看电影是一个沉淀的过程，能让你更平和地面对一些事情。也许你刚读完一本书后觉得并没有什么用，但是坚持下去，你就会发现大有不同。那些读过的书、感悟的心情会变成你的一部分，在你不知情的情况下变成你的信念，让你能以自己特有的节奏生活下去。

我最大的愿望，就是你看完这本书之后，会发现世界上还有人和你一样在迷茫中前进、在尴尬中寻找方向。即使我们的道路和方法都不同，我们依旧能成为彼此的力量。这世上没有什么比陪伴更强大的力量了，所以我希望这本书可以陪你走过一段路。

世界就是如此，我们都在逐渐失去中得到一些，在不停跌倒中成长一些。所谓"生活"不过是把往事成诗，把回忆下酒。大口喝完回忆这杯酒，甭管当初跌得多痛，我们都得继续往前走。在这段路上，你不是一个人。至少在这里，你找到了一个同类。世上永远有一群人在和你并肩努力，把这样的陪伴铭记于心，把自己坚持的路走下去。

总有一天，我们要用自己的力量站稳。这是我们约好的，你可别输了。

◉ 再版序

一

现在是 2019 年 9 月，我正坐在电脑前为《愿有人陪你颠沛流离》写再版序。

窗外一片绿意，是一贯的晴空万里。忘了是哪个朋友告诉我的，北京的 9 月是一年中最好的时节。想来也是如此，走在路上，温度正好，阳光温和不刺眼，空气里像住着精灵，风的声音就像山间的小溪在缓缓流淌。可当我重新读完《愿有人陪你颠沛流离》的文稿时，脑海里浮现的都是五年前的夏天。像是那些年的日子都被文字封印了起来，一旦回忆起某件事，就能回忆起所有的事，同时回忆起所有的人。

难以想象的是书里记载的几个朋友，如今竟然都不常联系了。是我变得话少，还是所有人都变得逐渐沉默，这其中的缘由我不得而知。心态也自然变化了不少，时间就像悄无声息的流水，日子长了，连石头的形状都可以改变。

通过这本书认识我的读者，生活轨迹大概也有了很多改变。有人结婚生子，有人步入职场，大多数人都换了一个地方生活，身边陪伴的人或许也都不同。

以前觉得改变特别让人痛苦，像是顽固的石头执着于自身的形状，可再怎么执着，生活依然向前。现在想来——也是我此刻最大的感受，还好有文字，可以保留住一些东西。当你读到它的时候，能想起当时的心情，也就能一点点地唤起当时的自己。

二

《愿有人陪你颠沛流离》出版于五年前，写成于 2012 年至 2014 年。

那时的自己还辗转于堪培拉和墨尔本，因而遇到了很多生命里来了又离开的人，从自己的视角感受到了人生就是不停地辗转、折腾。又觉得陪伴是多么重要，所以最终定名为《愿有人陪你颠沛流离》。既是对自己未来的期许，也是对每个拿到这本书的读者的祝愿。

但我其实没能想到，这本书可以走那么远，去那么多人的身边。

这份重量是我那时无法体会的，因而借着再版的机会，我把这本书审视了一遍又一遍。

在审视的过程中，我的心情变得越来越复杂。既后悔于当时的不假思索——认定了某一个事实，便把之视为自己的真理，这让我这本书的文字显得热血有余而思考不足；又感叹于现在的自己失去了当时的激情，像是一个长跑运动员，知道在赛程刚开始的时候应该收着自己的力气。

那种近乎盲目的自信和热情，现在几乎消失得无影无踪了。那份近乎幼稚的少年气息，多多少少离我远去了。

也就是说，让如今的我再写一遍这本书，我万万写不出当时的所思所想了。

在再版的过程中，我忍不住对一些文字进行了修改，对一些章节进行了改动。我深知从前的自己是如此啰唆，说一万句话都说不到主题。我就像一个站在文学山峰的山脚下刚刚开始攀爬的登山者，手忙脚乱得找不到方向。所以，我用一种近乎笨拙的方式，把所有的思绪都不加修饰地"倾诉而出"。这间接导致了这本书有着太多的情绪，较少的文学性；太多的热血，较少的思考性。可就是这样的热血，是我现在无比羡慕的东西。

三

细想来，我是一个无比幸运的人。在登山伊始，我手忙脚乱、手脚并用，爬上去一米就要掉下来半米。每次在社交网络上发表完文章后都自顾自地焦虑，是你们的一条条留言，像是雪中的炭，给了我继续攀登的动力；

是你们的包容，拉着我往上走了一点儿。

如今，我依然在山脚下。事实上，我越往上爬就越觉得自己离山顶还有很远的距离。我还不够厉害，阅历也不够，文笔还需要雕琢，这些都是我尚未做好的地方，但我想每个写作者都应该拥有最低限度的真诚，是这份真诚敲开了那扇紧扣的大门。

因此，我并没有对文稿进行大幅度改动，怕我如今的心态改变了当时的率性、天真。可又觉得光是这样还不够，于是又增加了一整个新的章节，希望你会喜欢。

我是个幸运的人，所以侥幸走到了今天。

这几年，我开始弄清楚，身为作者的"责任"和"使命"。我依然会为了热爱而创作，但希望自己能创作出更客观、更全面的文字。作者写下的文字自然是思考过而成的，但作者不应该替读者思考，而是应该通过自己的故事让读者思考。希望未来的我有能力，也有时间可以做到这些。

谢谢你如今还愿意重读这本书。

谢谢你陪我走到今天，我希望以后我可以做得更好。

也愿这本书能够陪你走过你的那段"颠沛流离"。

我们书里见。

关　于　　　about　　　　生　活
　　　　　　　　　life

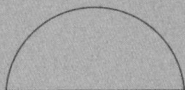

◉ 卢 思 浩 说 ◉

　　成长的一部分就是你会不断地和熟悉的东西告别，和一些人告别，做一些以前不会做的事，爱一个可能没有结果的人。不做一些事心痒痒，做了又觉得自己傻。

　　很久之后我才明白，所谓的"成长"，就是越来越能接受自己本来的样子，也能更好地和孤单的自己、失落的自己、失败的自己相处，并且接受他，然后面对他。

　　无论将来会遇到谁，生活都是先从遇到自己开始的。

世界太大，
听听自己

⏮ ⏸ ⏭ ◀ ——————————————— ◀))

　　每个人都在寻找一件东西，可我们却很少认真地问问自己到底要什么。我们不停地赶路，永不停歇，却时常怀疑自己追寻的是不是需要的，因而我们变得越发焦虑。世界太大，别人的路是参考，不是标准，你必须找到属于你自己的路。你要学会捂上耳朵，不去听身边熙熙攘攘的声音，听听你自己的声音。

一、我们为什么会焦虑

曾经，我在《你唯一能把握的，是变成最好的自己》里说，我们之所以会觉得焦虑，无非是因为现在的自己和想象中的自己很有距离。

而焦虑的另一个原因，我认为源于社交网络，比如微信和微博。因为大多数人都会把精挑细选的照片放在网上，人们也只会把到处旅行时拍下的各种美景的照片放在网上，所以总有人比你工作好、比你漂亮，生活比你丰富多彩。总会有一种错觉让你觉得好像别人不需要怎么努力就可以过得很好，而你自己怎么做也做不好。于是，你觉得真不公平，为什么我要这么苦?

所以，我在这里要说的第一点就是：你不是一个人在受苦。

打个比方，我有个女神，她在芝加哥大学念法律博士。最"令人发指"的是，作为博士，她今年居然才 23 岁。活生生的女神，看她的微博，就感觉她活得特别潇洒、特别自在，每时每刻都在旅行。而在旅行的同时，她还能在学刊上发表 paper（论文）。关键是她长得还特别好看，这种人在我眼里简直是一个 bug（漏洞）。

但是，我跟她熟了以后才发现，原来她每天只睡五个小时，她的论文前后改了十几次，改得她差点儿就崩溃了。因为长期熬夜，她的胃也有问题。只是她选择不把这些苦表现出来，因为她觉得抱怨一点儿用也没有。

很多人在生活中也是如此。有些人看着你的照片会说这个人过得真滋润，然而实际上，你过得很好，但你绝对没有照片上那么好。

其实，每个人都不是你看到的样子。这些年来，我没有看到过绝对的天才，也没有看到过完全的傻瓜。实际上，那些你看起来觉得毫不费劲的人，都付出了很大努力。在被他们的光芒吸引的时候，你没能看到他们付出了什么样的代价。

即使在现实生活中，那些如同神一样的牛人，也会有看书看不进去、写论文写到要抓狂的时候，只是他们不表现出来，也不抱怨。那些"闪闪发光"的人跟你的不同其实只是，他们已经学会了不抱怨，把抱怨的时间用来做该做的事。

仅此而已。

要说的第二点，是一个有关焦虑的现象。这个现象可以用八个字来形容：看似忙碌，实则焦虑。

我最早关注这个问题，是因为我的一个朋友。

他总是一早就出门，早上在图书馆里自习，下午参加社团活动，晚上去打工。他把自己的时间分成很多块，每天忙碌无比。可过了没多久，他对我说他根本不知道自己在做什么。

简而言之，就是静不下心来。

他背单词是想考研，参加社团活动是想给自己的履历加上一笔，打工是想知道工作的感觉。

他说在刚开始时觉得挺有动力，到后来突然间就觉得没有动力了，想做的事情太多反而不知道从何开始。你说背单词吧，是因为曾经想考研，但现在又觉得也许工作比较好，就想边找工作边背单词，找到合适的工作就先去工作两年。这几天，他看到一篇日志，写那个人在间隔年做的一些事情，让他特别羡慕。他又觉得也许在工作或者考研前应该去旅行，可是又觉得落下这些单词很不应该。

因为他怕来不及。因为我们怕来不及，特别是当曾经的朋友都已经走得很远的时候。所以，你开始拼命地买书来看、买单词书来背。有人说考研有前途，你又马不停蹄地开始准备考研。过了几天，看到别人上传的旅行照片，你又开始幻想去旅行。

一本书买了不看，就只不过是印着字的纸而已；单词书买了不背，充其量就是26个字母的排列组合；下载的演讲公开课不听也只是一堆无用的影像，可能你只是随手下载了，就再也没有看过。于是，有一天你发现，堆积的东西已经看不完了。

你看着一堂堂公开课、一本本单词书，无从下手，从而越发焦虑。

拖延和等待，是世界上最容易压垮一个人斗志的东西。

我不知道这样的人有多少，但是我想每个人身边几乎都有这样的人。

他们做一些事情并不是出于自己的爱好，或者是深思熟虑的结果，而是他们想让自己忙碌起来，可以让自己看起来不被别人落下太多。

你想考研，又发现选择工作的学长事业做得风生水起；你想工作，又看到好友的疲惫和不爽；你想缓一缓，又发现身边每个人都在忙着赶路。当你在别人身上寻找答案时，你会发现一个问题的答案有几千种。别人的路是参考，不是标准。选择是为自己也是只有自己能做的事，只有这件事不能给自己留后悔的余地。

有时候，不要看到别人做什么好，就去尝试做什么，因为每个人表现给你看的不一定就是全部。很多时候，你跑到别人的轨道上了，才发现那个轨道不适合你，看起来光鲜的人其实也有属于他们自己的苦。看到全部，再谨慎地做选择。

那么，如何打败焦虑？打败焦虑的最好办法，就是去做那些让你焦虑的事情。

"出发永远是最有意义的事"，去做就是了。

真的是这样。

二、旅行能解决所有问题？

前两天，有人给我发邮件说，旅行了一圈回来后发现自己还是很焦虑，好像旅行没有那么大的作用。

我自己有一阵子也很热衷于旅行，原以为完成了"打怪升级"的任务，结果面对生活的时候却还是灰头土脸的。

的确，旅行无法为你要面对的现实带来多大的改变，你要做的论题还是那么多，你的上司还是那个。如果你没能清楚地认识到最终你还是得回到生活中，那么旅行就很可能没有那么大的作用。去旅行就一定能够发现自己？别信这句话。如果只去最热门的景点，只看最美丽的景色，同时又在不停地上网，那相当于哪里都没去，因为你没能有所成长。

什么叫在旅行中有所成长？我想旅行最重要的是学会独处。旅行是一种催化剂，它能够让你找到自己内心的节奏，但前提是要意识到这一点：就是因为身处喧嚣中太久了，才想去别的地方。然而，如果在旅行的同时又在不停地害怕孤单、害怕寂寞，那这样的旅行也只是从一个你待腻的地方去另一个别人待腻的地方而已。终究是要回来的，你回来之后还要面对因为旅行而落下的工作，你迟早要面对生活的不如意。如果没能培养出平和的心境，那么在旅途结束之后，你只会觉得生活更加不如意。

觉得生活苦了就想去旅行？难过了就想离开？那只会让你觉得越来越糟。

旅行不是你逃离的借口，它应该是寻找的过程，更像是对自己辛苦工作的奖励。因为我辛苦了，所以可以给自己放个假，才能够心安理得。

希望所有想旅行的人都能够进行一次自己一个人的旅行。学着怎么面对孤单、怎么面对寂寞，以及怎么面对自己，这才是最重要的。所以，不妨就带着几本书、几首歌上路吧。去一个你不熟悉的地方，不要"追逐"那些景点，我想你会更有收获的。

三、你不是一个人在受苦

身边有正能量的好朋友真的是一件特别幸福的事情，每当你没动力的时候，只要看一眼同在奋斗的朋友，你就会有动力。虽然我们奋斗的领域不同，做法也不同，但我总会被激励到。如果你的好友与你有共同的爱好和动力来源，那更是一件幸福的事。你不是一个人在受苦，也不是一个人在奋斗，至少有人和你一样。

我知道你会说自己过得不如意，但是换个角度来看，你过得并没有那么不如意。或者可以说，其实大家都一样。

你觉得自己爱错了人，可是谁没爱错过几个"人渣"呢？你说自己做的事情总有人不喜欢，可是又有谁能让所有人都喜欢呢？绝大部分人都没有办法一步登天、一蹴而就，哪怕是那些你无比羡慕的人，他们也付出了百般努力。

其实，在你羡慕别人的同时，不妨看看自己。是不是也会有人说"你的生活真好啊，看你的照片，你过得很滋润"？然而，没有人知道你忙到凌晨 3 点才睡觉，第二天一早又得爬起来。有人看到你浮肿的眼睛问你怎么了，你以为找到了救星想好好倾诉一番，可几句话之后却又变得无话可说了。

不管昨夜你是怎样泣不成声，早晨醒来城市依旧车水马龙。

你我都一样，别抱怨，也别难过。在这个世界上能有那么几个人懂你，就是无比幸运的事情了。而那个跟你无比契合的人，别着急，正在未来等着你呢。不要因为一点儿不顺心，就随便把一整天都输掉。

别人永远不会知道你有多好，就像他们不知道你一个人的时候有多糟糕。反之亦然。

四、世界太大，听听自己

好朋友和我讨论的时候，我们曾经说到这么一段话：人这一辈子最重要的就是找到自己的想法，有自己的一套体系。不管别人过得多好，都不会因此把自己的生活丢掉。

要找到自己的想法，说起来简单，其实比想象的难。但每个人多多少少都会有自己的想法，剩下的问题就是如何把自己的想法坚持下去。要想知道自己的想法，就要学会和自己相处。你做一件事情，会有本能的判断。如果你因为这件事情感到充实，那就继续去做，直到你找不到任何说服自己继续做这件事情的理由。

我的方式就是不断地和自己独处。我以前时常迷茫，就在午夜时分不停地听歌、不停地写字，或者看书，又或者和最好的朋友谈心，从中感受到一些自己想要追寻的东西。热情一开始只是种子，到后来就会慢慢地萌芽、长大。

或许一个人的想法会有所改变，但当下想做的事就一定要立刻去做。别人活得光鲜或者成功，都和你没关系。你或许会哭、会累、会委屈，但你必须站在自己想站的地方。

过别人的人生没有任何意义，世上如果只有一种令人向往的活法，那便是用自己想要的方式度过自己的人生。

不要问，不要等，不要犹豫，不要回头，既然认准了这条艰难的路，就不要在乎还要走多久，这只会徒增烦恼。比成功更重要的是，要有内在的丰富和自己喜欢做的事情。这就是我们一路奋战的原因。我们一路奋战，为的不是变成别人，也不是改变世界，而是不让世界改变，能够用自己的力量平稳地站在大地上，并且尽可能地保护身边的人。

我的生活其实挺平淡的，没有那么跌宕起伏，但我觉得这样也不错。

写稿子时，我常常有写不出来想撞墙的时刻；做 assignment（课业）的时候，我也有想把一切推倒重来的时刻。但是，我都坚持下来了。

在通往自己梦想的路上，有太多东西让你停下脚步：可能是觉得不安稳，可能是还有其他事情要做，可能是因为渐渐没有了勇气，可能是因为失败、挫折太多。但一个人坚持走下去，原因只有一个，你想实现梦想。

在你觉得快要泄气的时候，想想这么没天分的我也能走到这里。

世界已经太吵，你更需要听听自己。

BGM：Dj Okawari *Flower Dance*

承认自己的软弱
比故作坚强有用得多

⏮ ⏸ ⏭ 🔈————————————————🔊

　　我们总是在自信和自卑之间寻找平衡点,以前觉得自己无所不能,慢慢发现现实终究不是想象。我们都会有很多束手无策的时候,总以为可以逃避过去。谁都有犯傻的时候,不妨承认那些,才能脚踏实地地向前走。

　　上小学时，班里有个小胖子。那时，我们给他起了很多外号，有"胖子""包子"，还有比较难听的"胖猪"。每次上体育课跑步测验，班里几个男生就会在一旁起哄，大声说"快来看胖猪跑步喽"，边说边笑，恨不得拿着爆米花在一旁边吃边看笑话。

　　儿时的我们大多不自觉地残忍，因为无知。我们以为世界非黑即白，以为世人皆醉我独醒，我们会仅仅因为一个人胖就肆无忌惮地取笑他。他越生气，我们就越觉得好笑。我们陶醉其中，以为自己是正义使者，却没想到这对别人的伤害有多大。现在回想起来，我还是会忍不住骂当时的自己太狭隘了。

　　后来在网上看到他加我好友，也就这么几言几句聊了起来。他感叹那时的日子，每次回家，都会跟爸妈生闷气，甚至还想自己根本就不该被生下来，搞得家里的气氛一直很不好。他一直痛恨自己，又自卑，直到上大学后才慢慢好起来。他说后来才知道自己的胖是遗传的，没办法，只能接受这个事实，之后也就渐渐不那么自卑了，才明白之前一直压着自己的大山是内心对自己的逃避。

　　现在，他工作稳定，有一个从大二就在一起的女朋友。他本来不爱PO（晒）自己的照片，现在倒也建了相册记录起自己的生活来，相册的名字是"接受自己本来的样子"。我看到这个相册的时候，突然有点儿感动，想感谢这个世界的神没有让一个大好少年在我们肆无忌惮的取笑和孤立中迷失自己。

"接受自己本来的样子。"我莫名地对这句话记忆深刻。

某天晚上，我突然想起以前的小事来。小时候过年会放烟花，我早早吃完饭缠着我爸放烟花。我们家只有那种小烟花，大概只有十响，也不好看。邻居放的烟花是六十响的，噼里啪啦的，还会变色。那一瞬间，我突然不想放烟花了，整个人开始别扭起来，莫名地自卑和焦虑起来。我爸一脸开心地拉着我一起去点火，我死活不挪步。我爸一脸茫然地看着我，半晌，我说了一句："我们家的烟花不好看……"

这是我为数不少地想骂自己很愚蠢的时刻之一。

儿时的我有很多现在看起来愚蠢又阴暗的想法，比如：为什么我妈不够漂亮？为什么爸妈不给我买更好的？为什么自己不够高大、帅气？为什么自己上四年级就近视了？那还是戴眼镜很稀奇的时候。那时候，我被整个班级嘲笑是"四眼田鸡"。我被嘲笑了两年，直到后来大家都开始戴眼镜。我娘亲是世界上最漂亮的女人，没有之一。我爸妈对我好得无可挑剔，可在那时我只是挑剔不已，硬要做一些不必要的对比。

上初中、高中时，攀比依旧盛行，然后眨眼就到了大学。刚开始很不适应，第一个不适应的地方是身边没有人陪：一个人坐车、吃饭、上学。在高中小集体扎堆的时候，我一直觉得一个人的生活是无法想象的，光是"靠近一下"都会觉得像是在月球上那样无法呼吸。没承想没多久自己就过上了这样的生活，我看着别人扎堆，就会下意识地羡慕；一个人吃饭的时候，就感觉别人都在看我。那时候，我远没有达到写出"孤独是你的必修课"时的心境，而是一味地认为孤独是可耻的。

孤独从来不可耻，认为孤独是可耻的人才是可耻的。

除了这一点，我还开始不可避免地遭遇挫败，以前只要努力总能考好一点儿，可生活怎么可能只有考试？也在课余时间开始写书，接下来的故事大家都知道：2009 年时写了 15 万字被"毙"，后来 2012 年完成的稿子因为种种原因到 2013 年中旬才变成了书稿。那时也会想，同期的朋友们已经出了第三、第四本书，只有我还在原地踏步，是不是自己的决定是错的。很长一段时间，挫败感与我如影随形。

你知道孤独、挫败这种东西，在某个时段会突然降临到你的身上，从此变成你的一部分，或许这是每个人必经的过程。

后来，我想起小时候的近视。有些东西无法避免，只得习惯，就像之前我习惯了自己的近视。我必须接受自己本来的样子，接受自己孤单的样子、挫败的样子、失落的样子，学会和这样的自己相处。想克服这些，首先就要接受这些，接受自己所有的缺点。

不妨这么说，有时候承认自己其实很软弱，比假装自己很坚强有用得多。首先，你得认识到自己其实弱爆了，才能认识自己，才能知道自己到底是谁。

我身边有很多人，他们无法接受孤独、无法接受无聊、无法接受失败、无法承认自己，所以他们在人前永远要用各种物质和谎言装饰自己，以为这样便可以完美无缺了。然而，接触久了就会知道，和这样的人相处会有一种不真实感，就像你在接触一个虚的东西，感受到的、"投映"到的都是虚假的，华而不实。而在没有人看得到他们的时候（其实这才是大多数时候，毕竟一个人在人前的时间是有限的），他们空虚、寂寞、难过又焦虑无比。因为他们永远找不到自己是谁，他们习惯扮演各种角色，到头来只是空壳。所以，他们总会突然感到孤单、感到焦虑、感到迷茫，不管怎么忙碌也填不满内心。

我想，每个人的成长过程都会是从小时候觉得自己最独特，到后来开始否定以前的自己。人生大概就是不停地在莫名自信和自卑中摆动，直至找到平衡点。后来发现最好的状态是对世界保持谦卑、让自己保持独立，然后充分认识到自己到底是什么样的人。

孤独或许难熬，但这是我的一部分，我坦然接受。我或许没有太多天分，这也是我的一部分，我也坦然接受。因为接受了这些，我才觉得充实，才觉得自己每天都真真切切地活着。不管是在人前人后，还是挫折不断的时候，我都能保持自我的节奏。

逃避自己的人，最终只能导致自己的世界崩塌，而变得越来越没有安全感。充实只能从内到外，安全感也永远是自己给自己的最可靠。以前，我一直很喜欢一句话：没有在深夜痛哭过的人，不足以谈人生。现在，我想用我的方式把这句话复述一遍：没有先认识到自己的软弱的人，不足以谈坚强。这种坚强与故作坚强不同，它扎根于大地，不会被风一吹就倒。

一个人在人前怎么糊弄都行，但自己的那关过不了就没有任何意义。逃避得了一时，逃避不了一世，而所谓的"成长"，就是越来越能接受自己本来的样子，也能更好地和孤单的自己、失落的自己、挫败的自己相处，并且接受他，然后面对他。谁都会有心情低落的时候，但是不要让它影响你向前就好。

而我大概就是如此笨拙的人。我知道自己无法一路向前，有时需要停下来。我不是那种可以从头到尾都不需要休息的人，所以有时候我走得会比别人慢一些。很多时候，我又太爱和自己较劲，自己不满意的事情哪怕别人看不出来有什么区别，我也会重新去做，偏偏我又没有什么天分。从某种程度上来说，我弱爆了，但这正是我的长处，所以我能比别人走得更远些。

一个人最好的模样大概是平静一点儿，坦然地接受自己所有的弱点，不再因为别人过得好而焦虑，在没有人看得到自己的时候依旧能保持节奏。这样或许会走得很慢，但会走得比谁都坚实，不用害怕一脚踩空，也不用害怕走到别人的轨道上去。

BGM: 五月天《咸鱼》

没有什么能一下打垮你，
就像没有什么能一下拯救你

◄◄ ❚❚ ►►| ◄━━━━━━━━━━━━━━━━━━━━ ◄))

　　其实每个人都一样，都有自己的野心，又都有脆弱的时候。只是有些人在每个可以选择放弃的节点都选择前行，在自己的才华还跟不上野心的时候，他们会静下心来努力。我佩服这样的人，我要成为这样的人。

2010 年大概是我过得最苦恼的一年。

没有顺利地找到房子，就在朋友家铺个睡袋。白天要上课，晚上要赶稿。朋友一早就要上班，怕吵醒他们，干脆在图书馆待一个通宵。早上回家睡一上午再爬起来，趁着晚饭的间隙去找房子。去拜访从年前就商谈的出版社，接待我的小姑娘一脸笑容。没多久，我就稀里糊涂地走出了写字楼。那时是冬天，阳光却特别暖和。我抬头看那些所谓的"写字楼"，突然觉得自己既渺小又傻。

我的朋友不多，但好在个个都是被时间筛选下来的。他们看到我的表情，什么都没说，也不多问。我回家以后，他们下了一整锅面。老马一边下厨一边说："这八包是你们欠我的啊，记得下次请回来。"接着，包子推荐给我一首歌，说我肯定喜欢。然后，我就无可救药地喜欢上了Coldplay（酷玩乐队）的 *Yellow*。

同期准备的雅思，总是有一科不达标。学校布置的课题，我通宵了三天，拿了个倒数第二。当时，一起奋斗的小伙伴开始准备自己的第三本书。其实这都没什么，只是某天我妈给我打电话，问我钱够不够用的时候，我的脑袋像被锥子重重地扎了一下。

对于我和我身边的小伙伴们来说，挫折什么的其实都不是事儿。不顺心的时候，竖着中指骂几句就会觉得春暖花开。再不济就是去 KTV 一起吼动力火车的《当》，再吼几首五月天的歌，没什么过不去的。只是每次想到爸妈，就会心疼。不是心疼自己，也不是怕他们失望，而是怕他们心疼我，怕他们担心。

这个冬天，老马依旧处于失恋中；包子的工作室无人问津，吃了上顿没下顿，唯一的钱是不能动的火车票钱，那是他的底线；李婧和她的室友严重不和；而我开始认真考虑"要不然就放弃吧"。我的第一任编辑和我的父亲也对我说过类似的话，一个说我不适合，另一个把我之后的路都规划好了。我开始频繁地对着 Word 两个小时只能写出一两句话，对着画板画个半天到最后急躁地开始一股脑儿地乱涂（我至今都没学会画画），对着单词书发呆一个半小时，一个单词都没记住。很多时候走出图书馆，我都觉得双腿不是自己的。

然后，那个冬天就过去了。

不甘心失败怎么办？不甘心放弃怎么办？失败了怎么办？心情低落了怎么办？最近这段日子，我常听到有人问我这样的话。老实说，能怎么办？放弃一些乐得轻松，而天赋这东西大多时候无法弥补。就像我的高中同学，第一次考雅思就得了 8 分，最近的 GMAT 又轻松拿到了 760 分，而他还能在各种活动中游刃有余。有人就是可以同时做好很多你想做的事，有人就是可以在情商和智商上完爆你。这时候，该怎么办呢？

怨天尤人吗？满地打滚吗？把一盘番茄酱扔在资料上吗？如果满地打滚有用，我可以在地上滚上几百圈。可惜，没用。于是只能告诉自己：我没办法在很多事情上游刃有余，那就放弃一些不那么重要的东西；我没办法几分钟背很多单词，那就花几个小时，总是可以的吧？

于是，我开始每个星期看一本书；于是，我开始每天早上起来背单词，逼着自己把自己最讨厌的这件事情做完才能上网；于是，我开始每天睡前对着 Word 写点儿有的没的；于是，我开始论题要求写一万字，我就写两万字然后再删。一遍写不好的，我就写两遍。

有的句子看了就看了，没任何感想，没一点儿用处。有些题做了就做了，考试时也没出现过类似的。但有些句子在某个时刻突然冒出来，那时没明白的突然间就明白了，有些感悟、有些想法突然间就"涌进"了脑海里。有些题目在考试时出现了类似的，直到考完之后才开始庆幸，还好某个夜晚没有偷懒跳过那道题目。

在这个世界上，从来就没有所谓的"突然"。如果不是我每天熬夜，我想你们也不会知道我是谁；如果包子在那个夏天就放弃了，他的工作室也不会像现在这样红火；如果不是我在某个夜里恰好多做了几道题，最终的雅思也不会考到 8 分；如果去年 12 月，我不是每天早上起床就开始看题一直到晚上，我也不会顺利地考完 GRE。

每个人都有自己的野心，一定有，但相应地，不是每个人都能意识到实现自己的野心需要付出什么。很多人付出了一些就开始怨天尤人，却从没意识到实现自己的野心需要付出更多。定位太高而又努力不够，当才华还配不上你的野心时，就静下心来努力，就好好想想你到底花了多少精力在你想做的那件事上。

励志这东西，是有时间期限的。总不能期待一个刺激就可以顺利地改变你，一个人的动力归根结底只能源于自己。你只有换着法子地激励自己，才能让它变成你血液的一部分。你只有不停地跌倒，才能学会怎样用自己的力量站在大地上。

如今已经两个冬天过去了，我又迎来了一个冬天。我的境地没有比当初好很多，但多少是好了些。没有什么可以一次拯救你，就像没有什么能一次就打倒你。每个人的生活都是一个过程，伴随着漫长的伏笔：所有成功后面都是辛苦堆积的高墙，所有辛苦后面都是傻样的坚持。

至于我，多少比过去强大了些，不管付出的代价我是否愿意。每个人都有自己的野心，也都有脆弱的时候，但有些人在每个可以选择放弃的节点都选择了前行。我佩服这样的人，也要成为这样的人，不把自己变得比过去强一点儿怎么对得起受过的苦？

至于未来会怎么样，要用力走下去才知道。

☁

BGM：WANDS《直到世界的尽头》

每个人都在等，
每个人都会等

⏮ ⏸ ⏭ ◀━━━━━━━━━━━━━━━━━━━━━ ◀))

　　那时我常想，那些光芒万丈的人出现在我们的生命里，然后消失，有什么意义？后来我明白，喜欢一个光芒万丈的人一点儿都不可怕，不管遥不遥远。遇到能让你付出的事物或者人，是一种运气。能遇到，就该珍惜。在等待的同时，把那些想留下的品质都留下，把自己变成值得等待的人，就不会辜负这段相遇。

2006 年，老陈第一次发现自己喜欢上大丁了。

彼时正值德国世界杯，学校在中午时都会组织看《新闻 30 分》。老陈挑动群众情绪，并且成功地挑动班里最高的包子去换台。围观群众在那一刻屏住了呼吸。终于成功地找到一个比赛重播。顿时，班里掌声雷动，大家欢呼雀跃。然而，这欢欣之情只持续了五分钟，因为班主任不声不响地出现在了教室门口。

正当老陈站起来准备"投案自首"时，坐在他前面的大丁站了起来，抢先一步顶了罪。班主任一看是大丁，也没有多说什么。那时，大丁留着长长的头发，她说她已经留了四年。当她坐着的时候，头发可以把她的背都盖住。那时，她说她这辈子都不会把这长发剪掉，除非等到自己觉得对的人。

许久以后，老陈对我说，他这辈子只记得两个背影：一个是那年世界杯决赛齐达内和大力神杯"擦肩而过"时的背影，另一个就是那天大丁站在他身前的背影。

他对我说这句话那天，他刚在微博上发现了大丁恋爱的消息。那阵子，老陈总是看大丁的微博主页，她难过他就替她难过，她开心他就替她开心，她恋爱了他就找我吐槽，说这世上还有谁能比他更了解她、更能照顾她。我当时用力拍了一下他的脑袋，说："那你倒是去追啊。"

老陈看着我，摇摇头苦笑，把他的草稿箱给我看。

我当时无比震惊，半天合不拢嘴，因为那里面放满了老陈对大丁要说的所有话，可一条都没有发送出去。

我记得这一年，是 2011 年。

老陈说他那年高中毕业准备去表白，愣是在她家楼下等了七个小时。后来，他才知道大丁住的小区有两个门，偏偏大丁从另一个门回了家。我说："你傻啊，手机是干吗用的！"他说他当时连手机这茬儿都忘了，就在不停地排练要对大丁说的话，期待着大丁从拐角处出现。那天，他拍着自己脑袋，说："真邪门儿了，你说为什么偏偏那天她要从那个门回家！"

我当然不知道怎么回答他，但我知道老陈和大丁总是在错过。老陈始终别扭，能把所有想说的话存满草稿箱，就是没办法发给她。大丁始终迟钝，她依旧没有明白为什么明明理科最好的老陈会去学文科。有时候，我会觉得，或许大丁是故意的，所以才能做到这样若无其事。

他们从上小学时就在一个学校，一直到上高中。明明两家的距离只有几百米，就是没办法常常遇见。好不容易到了一个班，老陈又不知道该怎么开口；好不容易鼓起勇气了，却又没见成。就这么一路错过。

后来，老陈只能从微博上知道大丁零星的消息，而他甚至不敢关注她。那时还没有悄悄关注，他就每次在搜索栏打大丁的昵称。老实说，我不知道老陈在别扭些什么，而我想你也知道，每个在恋爱中的人都是"神经病"。

　　我的朋友余小姐，暗恋一个人却没有结果。有一天，我送余小姐回家，她依旧哼着周杰伦的歌。那时，我问她："这么多年的暗恋，这么多年的等待，你觉得值吗？"

　　她毫不犹豫地说："值。"

　　和那天老陈回答我的一样。

　　我以前不明白为什么生命中总出现那些"闪闪发光"却难以靠近的存在。明明让人靠近不了，却又让人无法抗拒；明明知道她或许没那么好，却又忍不住把自己摆低。你为了那个人做很多以前不会做的事，听他喜欢的歌、看他喜欢的书，到头来，那个人可能已经不喜欢周杰伦了，你却不可救药地喜欢上了杰伦。直到某天，我自己去看演唱会的时候才明白，有些事情就是值得的。老陈为了大丁念自己不喜欢的文科，练会了吉他，唱得一首好歌（尽管他没能教会我）；余小姐为了男神喜欢上 NBA、喜欢上杰伦，做了很多以前不会做的事。那是因为在大丁和男神的身上，有老陈和余小姐喜欢的东西，有他们想成为的部分。

　　就好像你喜欢一个偶像，多半是因为那个偶像教会了你以前不懂的道理，而他身上"闪闪发光"的那些属性是你也想拥有的。你想变得更温暖，所以你喜欢温暖的人；你还相信梦想，所以你听关于梦想的歌；你想变得倔强，所以你喜欢倔强而努力的人。对偶像最好的支持，不是多狂热，而是让别人知道，支持他们（偶像）的人也是一群努力的人。

　　同样地，对于曾经爱过的人最好的对待方式，不是故作遗忘，而是把当时自己学会的品质和自己喜欢的东西保留下来，更好地面对生活。否则，那段相遇就失去了意义。

就像我之前在日记里写的：要么喜欢一个能带给你力量好像信念一般存在的人，要么找到一个能让你为之努力的梦想。重要的是，你会因为这些东西切实地去努力，在跌倒的时候也能找到勇气和力量。重要的是，这些会让你真正地行动起来，把你生活的一部分填满。未来会怎样谁都不知道，但总好过每天无所事事。

喜欢一个光芒万丈的人一点儿都不可怕，不管遥不遥远。遇到能让你付出的事物或者人，都是一种运气。能遇到，就该珍惜。或许你们最终没能在一起，但你会切实地感受到力量。就像余小姐，没能和那个在她的青春里光芒万丈的人在一起，但她终于变成了自己想成为的样子。

正因为这样，那段相遇才变得有价值，才没有辜负这世间的每一段相遇。

本来故事到这里就该结束了，可老陈给了我一个大惊喜。

2013 年，老陈迎来了自己那段故事的结局。那天，我见到了大丁。大丁剪了短发，我差点儿没认出来。那天，她订婚，站在她身旁的人，就是老陈。那阵子电视剧《咱们结婚吧》刚开始热播，张靓颖唱："终于等到你，还好我没放弃。幸福来得好不容易，才会让人更加珍惜……在最好的年纪遇到你，才算没有辜负自己。"而老陈站在台上说："还好我把自己变得足够好，好到可以让你看见了。"如果你想踏实，你就得踏实。如果你想遇到一个让你欣赏的人，那就得让自己具备被他人欣赏的特质。如果你想和自己喜欢的人在一起，那就让自己能够和她并肩同行。先变成自己喜欢的样子，再遇见一个无须取悦的人。

有时候，等一点儿也不可怕。老天让你等，是为了让你做更正确的选择、遇到更合适的人。只要你在等的时候把自己变成值得被等待的人，就能被同样在等待的人看到，并且相遇；只要你在等的时候保持耐心，并充实自己，变得比昨天更好，变得可以配得上你想遇到的人，即使你没有和你刚开始想在一起的人在一起，你也没有白白辜负这段等待。

关键是你在等待的同时，把自己变得足够好，而不是停在原地。就像想有灵魂伴侣，那你就得先找到自己的灵魂。

每个人都会等，每个人都在等，有人败给等，有人终于等到了。只是不管如何，你得在等待时把自己变成至少自己不讨厌的样子。

我突然想起那天，老陈抽着烟对我说，他这辈子只记得两个背影：一个是那年世界杯决赛齐达内和大力神杯"擦肩而过"时的背影，另一个就是那天大丁站在他身前的背影。

"你等了这么久，终于被你等到了，一定要过得让我们这帮兄弟都羡慕。"

看到这里的你也是。

BGM：OneRepublic *Secrets*

每个人都在用力活着，
用他自己的方式

⏮ ⏸ ⏭ 🔊————————————————————🔊

　　最近的感触是：每个人都在用力地活着，用他自己的方式。或许你很羡慕他的生活状态，又或许你看不到他努力的方式。你无须弄懂他全部的故事，也不用妄加猜测和指责。你只要知道你在努力的同时，有很多人也同样在努力。你永远不是孤身一人。

一

我有一个很传奇的室友,他基本不逃课,还能一周打三份工。传奇的地方在于,他其中的一份工作会占据他大量时间,他从下午 4 点出门,可以一直工作到第二天凌晨 4 点才回来,有时候甚至可以工作十几个小时。在其他空余的时间里,他也会去餐厅打工。我一度怀疑这个人是不是地球人,因为每个地球人都需要一定的睡眠和休息。对于他这样的生活作息,我们一堆朋友基本都保持一个态度:太拼命了,这简直是在透支青春。

我们常劝他多休息,可后来发现:这样的劝阻跟你去劝说一个熬夜好多年的人不要熬夜一样无力。

身边的一个女神,在没有毕业之前一副女强人的态势,考研、参加社团活动、做晚会主持人,哪儿都有她的身影。追她的人很多,不乏优秀的。她说不想那么快就稳定下来,却在某一天突然结了婚,比我们任何人都早。我们几个聚会的时候,有一次说到她曾经那么拼,现在放弃了那些,重新生活会不会觉得可惜。她说了一段很玄乎的话:"其实,这就是属于我的人生。度过很苦、很奋斗的青春,然后突然发现了自己真正想要的。如果我那时候没那么拼过,或许我也不会知道想要什么。"

Tim 前两天在凌晨 4 点给我发来微信,因为时差,他那儿已经是早上 7 点了。他跟我说起自己最近的苦:设计遇到了"神甲方",让他一改再改,连上今天,他已经好几天没有好好睡觉了。屏幕另一边的我突然很想说,如果他想要的东西少一点儿,是不是就不会这么累?

然而我忍住了，我想对于他来说，他现在的状态就是他的生活方式。他一定有自己的想法，我没理由也没必要去说什么。

二

我突然想，我们所谓的"存在的方式"到底是个什么样的东西。

到了某个时刻——对于我们中的大多数来说，也许现在就是这个时刻，会发现生命中的人都开始有了各自的轨迹。有的突然结了婚；有的读起了博士；有的进了银行，开始在微博上吐槽自己的职场生活；有的则依旧在旅行。学会计的最后做起了生意，学管理的最后进了银行，说着不想结婚的人第一个结了婚。

他们都是我很要好的朋友，然而我们都有不同的生活方式。比如，我从来都做不到为了赚钱那么拼命，我也不想早早结婚。也许我唯一能做到的，就是和好友一样，通宵改方案，连着几天几夜看日出。曾经，我们一起上课、一起下课、一起在同一个地方生活，至少保持着相似的生活频率，可最后我们都走向了各自的生活。

而我在进入自己的间隔年之后，每天凌晨3点多睡觉，早上9点多起床，算不上多健康，但有着很规律的睡眠时间。每周抽几个下午读书，读到不想读为止。有时会忘记吃饭，有时读一个小时书就读不下去了。睡前对着Word发呆两个小时，能写出来最好，写不出来也是常态。没有四处旅行，没有拍漂亮的风景，这跟我以前向往的间隔年截然不同。

在这样度过一两个月以后，我开始觉得，或许这才是我想要的间隔年，不需要像赶集似的旅行，不需要违心地工作，就这样。

我也曾因为朋友有比我更好的工作、更好的生活而苦恼不已，我也曾因为他人生活中"闪闪发光"的那些而迷失了自己想要的，现在的我觉得，其实没有必要羡慕他们。因为他们有他们想要的，我有我想要的。总有人比我的工资高，总有人比我去的地方多，总有人过得比我光鲜，这些都和我没关系。能知道什么是自己想要的不容易，没必要为了那些所谓的"标签"改变自己。

在和好友聊未来会去往什么地方的时候，我突然得出一个结论：也许对于现在的我们来说，不管去什么地方，心里都会有点儿虚，生活在哪里都一样。

关键是如何生活。

三

在微博里，我说："'愿赌服输'是世界上最美好的字眼之一。首先你会遇到一样你愿意去赌的东西，然后你会付出努力并且输了也心甘情愿。有人过得好，有人过得坏，每个人都有自己的人生哲理，每个人都有自己的选择。我们总是在犹豫、徘徊，却忘了能拥有让自己去赌、去追寻的东西，这本身就很不可思议了。"

我以前没有听懂女神的话，现在的我也许明白了：当你回头看的时候，你会发现一切都有迹可循。

为什么会走上现在这条路？你对着镜子问问自己，也许会突然发现现在的境遇从某种程度上来说，都是自己选的。即使现在的生活看起来和你想要的千差万别，你也会发现自己的因素占了绝大部分。既然是自己选的，就不要抱怨。有时候，一条路开始了就不能回头，也不要回头。不为别的，只因为既然在开始时你有勇气选择，就要有本事自己承担后果。

我们都在按自己的方式活着，也许看起来很有意义，也许看起来毫无意义；也许看起来过得很安稳，也许看起来过得不靠谱；也许你和我一样写着没人看的书，去没人知道的地方；也许你在喜欢一个不可能和你在一起的人，为了他做了很多别人看起来不值得做的事；也许你因为喜欢旅行而被别人贴上"富二代"的标签；也许你因为感情而放弃工作，被别人贴上"傻瓜"的标签……然而，这些都是我们自己的生活方式。你已经为了它去赌了，你已经为了想要的生活去赌了，既然开始了，就不用在乎别人给你贴的标签是什么。

我们的生活标签是什么？我们所谓的"存在方式"是什么？你自己去定义。你知道，来到这个世界上，你就没办法活着回去。你和别人的不同之处，就在于你怎么活。没错，你身上一定有能让你发光的东西，那是你

自己的节奏，那是你与众不同的东西。那是你的路，你必须自己走，才能
找到出口。

当你下决心去做一件事时，那就去做。或许这件事无法带来什么回报，
但我依旧希望你认真去做，因为在做的过程中，你会逐渐认识到你是谁。
给自己定个期限，学会捂上自己的耳朵，不去听那些熙熙攘攘的声音。在
这个期限内，请不要犹豫，那只会浪费你的时间，"do what you love
and fuck the rest"[1]，直到你放弃为止。

直到你明白自己想要的是什么为止。

写给一直坚持早起去图书馆背书却被别人嘲笑的你，写给没有好好学
习而在别的方面做出成绩却被人误解的你，写给每个深更半夜还在为自己
想要的生活而努力的人。

△

BGM：Eminem & Rihanna *The Monster*

1　做你喜欢的事，不要理会其他。

你一无所有，
你拥有一切

⏮ ⏸ ⏭ 🔈▬▬▬▬▬▬▬▬▬▬▬▬▬▬▬▬🔊

　　二十出头时过的日子可能是最苦恼的日子：你离开学校，脱下学生服，身边的朋友慢慢远离，建立一个不喜欢的交际圈，在现实和梦想的"交际"中逐渐失去存在感。人生不是一条平坦的大道，而是一个不断修正的过程。不知道自己想要什么没关系，一定要牢记自己不想要什么。

　　这时的你除了手头的青春以外，什么都没有，但就是手头的这些可以决定你会变成什么样的人。

一、嘴上说说的人生

2009 年，我在离家的时候一个劲儿地往自己的硬盘里"塞"《灌篮高手》和《数码宝贝》。我妈用一副不以为然的表情看着我，似乎在说："这么大的人了，居然还这么喜欢看动漫。"

我不知道怎么回应她，只好耸耸肩，因为我实在无法说明这些动漫对我的意义。

你知道，有些歌、有些东西就是有那种力量。哪怕它在你的手机里藏了好几年，哪怕它早就过了黄金期，哪怕越来越少的人会提起它。你就是知道，当你听到这首歌的时候，当你看到那些漫画的时候，你就会想到以前的自己，就会获得莫名的力量。这种力量能够让你感受到自己的节奏，让你以跟世界不同的方式独自运转着，你能听到自己。

也许曾经的自己和回忆总要依附在某些东西上，从而让这些东西变得意义非凡。

在记忆里最让你印象深刻的，一定是当年的自己。因为只有在这时你才发现，在嚷嚷着"时间过得太快"的同时，在那些所谓的"物是人非"里，变化最多的人竟然是自己。我不知道什么样的人生是最可怕的，但是我知道当你有一天回头看，发现曾经所说的一切、曾经信誓旦旦的一切变成说说而已的时候，一定不会好受到哪里去。

好像人随着长大，就会把很多东西弄丢。比如那些简单却能让自己充实、开心一天的东西。又如让自己肆意哭和笑的能力，还有那些曾经一起结伴同行的人。最可怕的不是弄丢了这些东西，而是变得心安理得。你开始安慰自己：这就是成长，这就是我们最终会变成的样子。你只是找了个借口继续这样的生活，对以前的自己嗤之以鼻。

只是每当你听到以前听过的歌的时候，或者看到某个人在他自己的道路上坚持下去的时候，你都会像被自己扇了一个大嘴巴一样。看着别人的努力羡慕一下然后转身回去过自己的生活的你，连努力都不愿意付出，又凭什么去过自己想要的人生？

二、努力，是为了给自己一个交代

我曾经为了商谈项目跟包子去北京，对方是一个标准的"80后"，有点儿小胖，特爱贫，北漂。这是他漂着的第三年，伴随着他的是一直没有改变的直爽性格。这是他三年内换的第三份工作，一直没有安稳过。他说起最近的感悟："这些年，我看过很多人，有些人不用做什么就可以有很好的前景，有些人拼死拼活还是没有办法在这个城市里生存。"

在沪江上认识的一个小姑娘，她曾经差点儿为了男朋友去国外陪读一年，可后来他们还是分手了。再后来，她决定一个人去上海。最苦的时候连顿像样的晚饭都吃不起，就拿着几个包子躲在地铁站里，不知道去哪里。如今，她在上海找到了工作、租了个房子，终于可以自己负担生活了。

曾经，我总是无法理解，明明回到父母身边工作会更好，也可以陪在他们身边，何必在大城市里摸爬滚打，还得不到很好的结果。就像我写过的那些去大城市打拼的年轻人的故事，到最后没办法了，只能回到家乡。那时我不明白，既然到最后还是得回家，当初又何必出走？直到某天我自己面临选择时，才明白他们做决定时的心情。

其实，每个人都不傻，大多数人对接下来会遇到的困难心知肚明，只是有些路哪怕是布满荆棘，他们也会选择走。你知道自己可能不被理解，也不被期待，甚至可能失败，但有些事你依旧会去做。有时候，你需要的只是再坚持一下，而选择放弃对于内心有期待的人来说，从来都不是一件简单的事情。他们要过的，从来都只是自己心里的那道坎儿。

那个北漂着的哥们儿说过，可能自己奋斗了一辈子也一事无成，但这样自己至少不会再有借口，不会在老的时候悔不当初。"你说值得吗？我觉得值得。虽然我直来直往的性格给自己带来了很多麻烦，但这就是我。"

小时候的我总嚷嚷着，努力是为了改变世界。现在我会觉得，有些人努力只是为了变成普通人，有些人努力只是为了给自己一个交代，有些人努力只是为了有所选择。大多数人的努力是改变不了世界的，但至少可以不让自己被世界改变，至少不那么快就"缴械投降"。

也许我们始终都只是小人物，但这并不妨碍我们选择用什么样的方式活下去。窃以为，那些在看透了生活的无奈之后，还是选择不敷衍、不抱怨、不自卑，依旧热爱生活、努力做好身边的事的人，努力便是他们对自己的交代。

就像我曾经跟李婧说起未来的生活，说着自己是去大城市还是留下来。后来，我们一致觉得，其实无论在哪个城市存活都不容易，生活的琐碎在哪里都要面对，你总会遇到麻烦。

但无论过成什么样子，都要自己承担得起。

三、只有行动，才能解除你所有的不安

你说想当自由撰稿人，可从不见你努力写稿；你说想考研，可从不见你背单词、做题；你看到学霸时嗤之以鼻，说这样活着没意思；你看到有人旅行，又不屑一顾地说这只是随大溜。我开始怀疑你挂在嘴边的是不是逃避现实的借口，我开始怀疑你是不是在一遍遍地逃避和自我安慰中变得惴惴不安。

于是，你慢慢屈服于自己的欲望。明明几年后能有更好的生活，却一定要现在买最新的包。每个人都想拥有一定的社会地位和物质条件，似乎结果才是最重要的。然而，你有没有想过，你所谓的"所有努力"，是为了满足你的欲望，还是真的追求上进？就像汪峰的歌里唱的："多少人走着却困在原地，多少人活着却如同死去，多少人爱着却好似分离，多少人笑着却满含泪滴。"

终于有一天，你发现你得到了当时想要的结果，可是在那之后，却再也不知道怎么继续了。

二十出头的时候，请把自己摆在二十出头的位置上，你没有理由也没有能力去拥有一个40岁的人才拥有的阅历和财富。你除了手头的青春，一无所有，但就是手头这为数不多的东西能决定你是什么样的人。

我不知道这个世界上是不是真的有所谓的"安全感"，还是因为每个人都说自己没有安全感，所以你也觉得自己没有安全感。我对安全感的定义只有两个：一是别人给你的能量总有一天会消失，只有自己给自己的安全感最可靠，只有行动才会给你带来；二是永远要记得，不管你是什么样的德行，你都是你父母的安全感。

所以，当你觉得不安的时候，请想一想身后的父母，想一想他们正在为你打拼；请想一想自己的初衷，然后抬起头继续倔强地走下去。

唯有行动，才能解除你所有的不安。

四、有梦想，不抱怨

你知道，时间一点点流逝，我们终会因各自的努力或懒惰变得丰富或苍白无力。

我刚开始坚持读书的时候，压根儿没深想这件事对我来说会有什么意义。后来，我渐渐明白，读书也好，不读书也好，生活都在过。只要这件事情让我觉得充实，让我觉得没有浪费时间，那便足够了。

为什么我们一再经受打击还要继续向前走？为什么明明很失望了也不愿意放弃一个人或一个理想？

所有人还坚持向前走着，只是因为他想向前走，只是因为他还不愿意向世界投降。也许没有人跟你完全一样，也没有人可以时时刻刻陪在你身边。也许我们很久以后回过头来看，会连现在珍惜的人的样貌都记不清了。可是，我最大的幸运却是，即便如此，还是有人愿意在有限的时间里用心陪我走过这一段，愿意跟我一起为了梦想努力，经历那些孤单流离。

这样一想，人生也还真是不错呢。

虽然不常听汪峰的歌，但依旧记得他的歌里有这么一句歌词："是否找个理由随波逐流，或是勇敢前行挣脱牢笼？"我想，你知道答案。

你现在一无所有，却拥有一切，因为你还有梦想。只要路是自己选的，就不用怕走远、走偏，生活总会留点儿什么给对它抱有信心的人，就像相信时间的人，时间会留给他一些东西的。

BGM：Coldplay *Paradise*

所谓的"未来"，
只剩下现在

⏮ ⏸ ⏭　◀━━━━━━━━━━━━━━━━━━━━━◀

　　（写于2013年末）末日又迟到，我们又过了一年。这一年，你失去了一些，也得到了一些。你和一些人失去了联系，好在身边还有好友。你时而悲观，时而乐观，但大多时间能平静对待。你觉得这一年发生了很多事，却无法回忆成完整的画面。末日之后，我们又过了完整的一年，有好有坏，但无论如何，我都知道我已经站在了分岔口。所谓的"未来"，只剩下现在。

仅以这么一句话作为我这篇回顾 2013 年的文章开头。去年这时，我照例写着一篇总结，这个习惯得以保留下来，大概是因为太明白自己的忘性大于记性：有些事情不写下来，就会忘记。就像我已经不太记得 2012 年发生的事情了，如果不仔细回想，很多事情都是一片模糊。明明那时对自己说，要把这些快乐的、痛苦的、自豪的事情记住，到头来记得的倒是一些当时没在意的事情。

记忆会骗人，所以我才会借助文字、借助音乐。

2013 年，我感受得最多的，就是分道扬镳。尽管在几年前我就开始体会到身边的朋友开始做减法，但从来没有像今年这样有如此深的感触。就像我在 6 月写的《总之，有些人后来真的再也没见过》一样，有些人就真的再也没见过。

分道扬镳或者分岔口这回事儿，无法避免，而且让人措手不及。我自己也是如此，以前遇到朋友的朋友或者新认识了朋友，可以和他们聊得天花乱坠，只觉相见恨晚。如今，我和那些玩伴之间的联系越来越少。小伙伴们逐渐变少，直至形成了固定的朋友圈。我知道这个朋友圈里还会有增减，但我确信身边的小伙伴不会有大的改变。

这一年，我比以往的任何一年都想依靠自己，能不麻烦爸妈的事就不麻烦爸妈。诉苦前所未有地少，倾诉或许是个好办法，但不能总把自己的负面情绪传染给他人，不让人操心才最靠谱。我想尽力成为让父母和朋友安心的人。

这一年，我或许"踏入"了无比尴尬的年纪。我们想依靠自己，却发现自己靠不住；我们想做自己，却还没发现自己是谁；我们安慰自己还小，却又明白已经无法活在象牙塔里——那是比我们年纪小很多的人所特有的权利。而如今，愿意也好，不愿意也好，你都被时间推了出来。外面不像你想象的那么好，风雨都要自己挡，但每次你觉得世界糟透的时候，它又雨停出太阳，让你觉得总还能过下去。

真实的世界，狡猾透了。所以，你得和从前的那个自己告别。拒绝也好，拖延也罢，你都要学会和那个自己告别。

同样地，这一年我也遇到了很多人，在南京、在上海、在哈尔滨、在北京、在墨尔本、在堪培拉，在每个我走过的地方。我的厨艺总算有所长进，搬家也搬得越发游刃有余，熬夜依然没救。住我隔壁的哥们儿养了一棵仙人掌，他每天天不亮就起来跑步，我总能遇到他。老马今年生了一场大病，学业都差点儿中止，但他依旧每天画画，尽管这些画大多永远不会出现在我们面前。包子如火如荼地拍了自己的第五部微电影，我依然看不懂他想表达的东西，但我想能弄懂他这个人就好，由衷地替他感到开心。

在失落的时候，我的这些好友用自己的行动告诉我：坚持是有意义的。

我遇到的每个人，他们都有自己的想法，也在用自己的方法活着。每个人似乎都在等着一些什么：可能等着一个人，可能等着出头的那天，可能等时间让自己改变。

这世上有太多故事，每个故事都有不同的章节，或不幸或幸运，或无聊或热烈，总有一个是你的。每个人都在等着给自己的这一章节结尾，却没明白写故事的人始终是他们自己。

"等"其实没什么，就像你等新的一年到来，它迟早会到来；"等"其实很糟糕，就像你等来了新的一年，却发现自己还是那么糟。从来没有什么可以把你变得焕然一新，站在原地的人，哪怕等到了新年，每一天也只是之前的重演。如果你想改变，那么每天的开始都等于新的一年。等待的价值，就是让自己变成值得被等待的人。等待的同时，你总得向前走。

前年的今天我无比迷茫，不知道接下来该做什么，不知道冬天能不能过去；去年的今天我刚起步，面对突如其来的压力不知道怎么适应；如今又是一年，世界或许永远不会有末日，它生机勃勃却又奄奄一息，而我们终究活着。追逐梦想就像走钢索，你不知道自己什么时候会掉下去，必须非常努力，才能勉强保持平衡。

这一年，我发了新书，也开始做讲座。我终于见到了你们，见到了很多陌生的面孔。我从没想过自己可以去往这么多地方，面对面地和你们说话、说自己的生活、说自己的感悟。我们像朋友一样聊天，对你们诉说我的感谢。很多人从别的地方赶来，和我说着那些日子他们的生活。我听了很多感谢的话，站在台上的我，不知道该怎么诉说感激。所以，就当我们之间的感谢互相抵消了。陪伴这件事，就是互相的。

新的一年，不再期待什么好运气，因为我知道生活其实都一样。糟糕的依旧糟糕，重要的是你怎么度过这些糟糕的时刻。我知道自己走在一条对的路上，这是我用太多次跌倒和舍弃换来的坚定。我不知道自己的终点在哪里，但决定把之前所有的半途而废都用在这条路上，一路摸黑到底。

你不知道前面有什么在等着你，可必须往前走。即使迷茫，时间依旧拖着你向前。所以，我不在意前面到底是什么在等着我，我更在意身边是谁陪着我，而我比过去前进了多少。不悲观也不乐观，如果前面平坦，就大步向前走；如果前面是堵墙，那就把它砸出个口来。

世上所有任性的资格，都是留给那些展现出决心的人的。

今年的我不再害怕质疑，也不再担心什么。我所有的努力，不是为了别的，只是为了在几年后，我可以笑着说，我好歹也努力过，没直接放弃。

如果真的走了很远，我想我能够对自己，也对你们说一句："你看，你做到了，我们一起做到了。世上就是有一群不懂得放弃的傻子，他们跌跌撞撞地向前走，然而也是这群人，最终成了他们想成为的样子。"

总有一天，我们会见面，天知道是在哪里。到了那天，我们都要能够用自己的力量平稳地站在大地上。这是我们约好的，你可别输了。

新年愿望，如果真的有用的话，那便是：希望你想下楼的时候，电梯就停在门口；希望你肚子饿的时候，打开冰箱就有吃的；希望下雨的时候，你的包里准备着伞；希望你难过时可以有首歌给你安慰；希望那个你可以分享秘密的人，也是能够安慰你的人。

祝你早安、午安、晚安。

☼

BGM：戴爱玲（feat. 刘伟德）*Gentleman*

行动力

没有行动力的计划还不如没有计划，没有行动力的想法等于没有想法。不要纠结，不要犹豫，想到什么就去做。不要拖延，今天能做的事情就放在今天去做。捂住你的耳朵，专注于面前的事，不要受干扰，不要想结果。

不知道大家身边有没有这样的例子。

某人，暂且称他为 A 君。A 君是一个很忙碌的人，他上网下载了新浪里的公开课，以及优酷上那些颇受好评的演讲稿，隔三岔五就去书店搜刮有关考研的资料，就连单词书都买了好几本。

然后，他开始计划，计划每天背上 100 个单词、每天看一堂公开课、每周看一场演讲。为此，他做好了万全的准备。然而等到要实施计划的时候，他的朋友突然来了个电话。于是，他修改了计划，跟朋友出去吃饭，今天缺失的就由明天补上。没过多少天，他又因为一些事情打乱了自己的计划，把那天的任务再次挪到了第二天。

所以，你说他努力了吗？他努力了，因为他至少看完了几堂公开课、背了几天单词。但是，他有什么成果吗？未必。

接下来没多久，他放弃了计划。可问题在于，他觉得自己没做错什么，他确实想改变自己，也切实地想背单词。事实是单词他也背了，公开课也开始看了，但他就是觉得任务越堆越多、单词越背越难，变成了不可能完成的任务。

更要命的是，他开始焦虑、开始抱怨。他觉得自己明明付出努力了，还费那么大劲儿准备了计划。他开始觉得不公平，为什么别人能背完的单词自己却背不完？

买的书翻了翻就再也没看；下载的参考资料只是摆摆样子；去图书馆

玩会儿手机、发发呆，回家后假装自己学习了。最大的误区是以为收集、整理、翻一翻就等于学习了，这和投入地做一件事完全是两码事。所以，不要总抱怨自己花了时间为什么没效果，认真想想自己到底花了多少精力在这件事本身。

没有行动力的计划只会毁了你，因为它让你觉得自己已经有所行动了。它会让你觉得能静心地列下计划的你，已经比很多人与成功更接近了一步。实则不然，列下计划而没有实施的你，只是个伪理想主义者而已。

其实，不受干扰特别简单，关掉你的手机，选择一首你喜欢的歌，深吸一口气，把自己投身到要做的事情里。

再举一个例子——B姑娘。

她想去旅行，每次看到朋友上传的旅行照片都会羡慕不已，毫不掩饰对旅行的向往。于是，她开始幻想将来有空了要去哪里。先去三亚，再去鼓浪屿，如果能去下马尔代夫那再好不过了。为此，她还煞有介事地上网查阅了各种资料。可很多天过去了，她还是哪儿也没去。

她总是羡慕别人的生活，却没想到自己和那些人之间相差的，只有实际去做这一点。我们总是把梦想留在未来，把旅行留在下次，把想做的事情留在以后。然后，在本该是未来的那个时间点，你突然被"没时间"打败了，所说的未来还是变成了说说而已。所有的借口不过是你给拖延和懒惰找的理由。

　　没有浪费时间这回事儿，你能浪费的只是自己。哪有那么多未来等着你？只有现在了。

　　生活的可怕之处就在于此，有些人可以安于现在的生活，不自卑、不敷衍，也能够很淡然地生活下去；有些人想去远方，想活得精彩，不疯魔不成活。即使累倒，也活得轰轰烈烈。可尴尬就尴尬在你活在另一种生活里——不上不下的生活。

　　不上不下的生活，就是你明明想改变自己，却觉得自己像被卡住了一般，明明付出了努力，却不知道付出的努力到哪里去了。你不安心这么生活下去，却又没行动力改变现状。

　　你想看几本书，让我推荐一下，我给你列了份书单。没过多久，你又说这些书实在枯燥又冗长，全部看完太消耗时间，还不如看网络小说。你说想去旅行，到处收集旅行的资料，可又说没订到票，又实在抽不出时间。你说你的梦想是出本书，发来几千字让我给些意见，可没多久，你又说没灵感又太累了，还是算了……好吧，你说你没时间看书，那你每天睡前玩手机的时间为什么不能用来看书呢？你说还不如看网络小说，但网络小说动辄几十万字，你又哪儿来的时间看呢？你说你没有订到票，那你之前在计划的时候为什么不马上行动呢？你说你想写书，可是又不愿意下笔，那又能怎么办呢？

　　人就是这样，眼前的利益实在太诱人，导致他们忽略了长远的未来。所以，人们常常为了一个眼前的人而义无反顾，却无法为了说不清道不明的未来而万死不辞。好比你听了一场励志的演讲，觉得慷慨激昂，立马拿出单词书来背，还立下毒誓每天背100个单词，可是怎么也没能坚持下来。

在抱怨的同时，你有没有想过，你为什么不行动？或者说，你明明已经有了很好的计划，为什么不按照计划一步步来？每当看到有人私信问我，怎样才能更快地成功、哪条路才是更好的，我都会说根本没有所谓的"成功"，根本没有更好的路。

根本没有所谓的"成功"。现在，成功的衡量标准是有车、有房、有钱，没车、没房、没钱的人就是失败者，总有人告诉你电视上的某A才是成功的。对此，我的看法是：如果你想做这样的人，无可厚非，因为他是他那个领域的佼佼者；如果你想做这些，那很好，但如果你对这些有天生的抗拒感，那不妨做另一个选择，试着去做一些其他的事。

很多人认为最后甘于平淡、接受现实是对梦想的背叛，或者认为既然实现不了梦想，根本就不用费那么大气力，还不如早早认命。其实不然，最好的生活状态莫过于，你在青春年纪里为了理想坚持过，最后回归平淡，用现实的方法让自己生活下去。能实现梦想自然最好，但没能实现梦想也没有什么可惜的。

梦想本就不是那么容易实现的，终极目标永远只有少数人能够实现，但是你还是应该为了理想努力一回，努力到自己问心无愧为止。因为只有这样，你在接下来的生活里才能够得到比成功更重要的东西，即内心的丰富——那是你一次次跌倒所累积的面对未来的资本。

　　根本没有更好的路，你目前列出的计划，就是你的计划，就是应该去实施的东西。你可以进行补充，但不能随意进行任务和时间的改动。凡是被改动的计划，或多或少都会丧失执行力和它原本的意义。计划本就是用来督促你的东西，你却一而再，再而三地把它改变，那这样列计划又有什么意义？

　　不要害怕将来还有一条更好的路，而现在选择了这条路就浪费了时间，因为没有更好的路。你要走的路，终究是要走的，哪怕它真的是条大弯路，那也是属于你的路，也能看到属于你的风景。更何况，一条路，如果能够坚持走下去，你又何愁不会丰富多彩？

　　所以，请行动起来。如果你手头恰好已经有了计划，就按照计划去做吧。建立信心的最好办法，就是去做让你觉得头疼的事。

　　如果你手头没有计划，那不如不计划。旅行有几个想去的地方固然好，但看几处不知道名字的风景也未尝不可。想去哪里旅行，就去吧；想去疯，就去疯吧。不要因为担心太多而束缚了自己，最后散心的目的没达到，学习的目标也没达到，更不要为了别人的眼光而改变自己。

　　很多人都对你说你要去做自己喜欢的事，你应该把你30岁、40岁之前要做的事都列出来，可是哪有那么容易一下子就能找到自己想做的事？所以，当你下不了决心去旅行或考研，或者在很多选择中徘徊的时候，那就把眼前的事情做好吧。

　　在做决定之后，就给自己一个时间期限。这段时间内，把你的纠结和不安都扔掉，把你的半途而废丢在过去，把你的抱怨和难过都吞到肚子里。在这段时间里，你必须和过去的你告别，打败那个懒惰、赖床的你，打败那个行动永远跟不上想法的你。至于期限有多长，我想你比谁都清楚。

谁都不知道明天会发生什么，但只有行动才能决定你下一秒的未来。

BGM：和田光司 *Butter-Fly*

漂泊的意义

你想爬到山顶，必定得付出努力；你想早点儿回家，必定要提早赶路。你有你的野心，必定伴随着辛苦。仔细想想就会明白，很多苦从你一开始做选择、做决定时就注定了会存在。所以，既然决定是你自己做的，就要承担后果。任何得到都有代价，任何野心的实现都需要点滴的积累。你想看到更多，就得爬到高处。

上个周末和 Karen 外加几个小伙伴一起聊天。

现阶段的朋友相聚，聊天总会聊到未来的打算、工作、去哪里生活。小伙伴们有的纠结，有的坚定，有的还没考虑好，有的已经着手准备了。

留在这里好像有点儿无聊，毕竟不是属于自己的城市，哪怕有了自己的房子、工作，也比不上在家乡，朋友都知根知底，父母也在身旁。回家又觉得不甘心，出来学习、闯荡了这么多年，没个交代就这么回去了，总觉得这些时间像是浪费了。

那我们出来闯荡一圈的意义又何在呢？

我的好朋友今年已经快 30 岁了，在人生的跨度里来看，他还很年轻，但当我们得知他决定把工作辞了，把一切推倒重来的时候，我们还是惊讶不已。他有稳定的工作，收入不菲，在这里已经十年，也有了很好的朋友。我们不解，问他就这么回去，那这么多年的漂泊不就浪费了吗？

他说他前阵子读了一个渔夫和富翁的故事。大意是富翁决定放弃自己的财产回到渔村生活，有一天，从小就生活在渔村的渔夫看到富翁，笑他出去那么久，那么辛苦又能怎么样，最后不还是和他一样在海边捕鱼。富翁笑着说："你是一辈子只能在这里，而我是选择回到这里。"

你是 have to be here[1]，而我是 choose to be here[2]。

1　不得不在这里。

2　选择在这里。

当你没有能力看到很多东西的时候，当你只能喝白开水的时候，你说白开水好喝，是因为你没有喝过其他东西。当你出去转了一圈，可以喝到更好的东西，喝完可乐、红酒之后说自己喜欢喝白开水，那表明你真的喜欢喝白开水。

你爬得高、走得远，不是为了被世界看到，而是看到整个世界。看得多了，也就知道该怎么选了；走得远了，也就知道自己要的是什么了。漂泊的意义，大致就是为了有所选择。

而了解自己这件事，比什么都重要。

所以，我的好朋友毅然决然地把工作辞了，他有底气说接下来的生活他能承担住，因为这是他自己做的选择。选择这东西，一旦是自己做的，那便会有无穷尽的力量。只要是自己做的，那就不会去抱怨，也不会有不甘心。

只要是自己做的，只要是为了自己，就能承担得起所有后果。

前阵子，我见到他，他多少憔悴了一些，但是他和我说起接下来要做的事情时，我可以清晰地看到他两眼的光芒。我想他的选择终究是正确的，因为我从未看到他这么开心过。

看到他的时候，我就明白了，我们漂泊、我们努力，就是因为我们想去看看世界，就是因为我们想了解自己。

曾经同为留学生的 M 问我，每次在机场感触最深的是什么？我回答说是离别吧，机场除了离别还能意味着什么？他摇摇头说，最让他触动的是，无论那个人之前生活得如何，不管他是懦弱还是坚强，在离开的那一刻，哪怕是泪流满面了，他也绝不会回头。

其实这样做的，何止是留学生，每个离家选择漂泊的人都是如此。有人选择留下，那是他最后自己做的选择。尽管辛苦，但他明白那是自己想要的，所以心甘情愿。有人选择回到原点，在别人看来，他们的漂泊就是无用功，只是徒劳，只有漂泊过的人才会明白，漂泊到底给他们带来了什么。

我们会接受辛苦，是因为我们的野心。我们不甘心，我们想看世界，我们想让自己的生活更丰富多彩，所以我们远离家乡，甚至选择从头开始。承认吧，你的心里总有那些躁动，促使你出门远行，促使你追寻自己的梦想。尽管前面的路曲折无比，你还是会选择往前走。

我想，无论我将来是选择回家，还是留在陌生的城市，我都确定可以用自己的力量生活下去。无关境遇好坏，只因为这些年一个人的生活让我有了无论走到哪里至少不会饿死的自信。

或许有一天我会和好朋友一样，突然明白自己一直在追寻的东西到底是什么。我想这就是漂泊的意义。如果不是出去绕了一圈，我们永远不会知道什么对自己是最重要的，也永远不会知道所谓的"原点"是什么。

也许你现在和我一样独自在陌生的城市，甚至陌生的国家生活，一年中回家的时间屈指可数，陪伴父母的时间更少。也许你也在纠结未来去哪里，想着这么多年的漂泊和努力对自己的意义是什么。我想你也一定和我一样，渐渐变得从容和坦然，对于生活的困难能够更理智地看待，对自己也有了更多的理解。

这样的东西会跟随着你，无论你去哪里，那都是属于你自己的力量。每个人的生活，都有这样的过程，不尽相同又多少相似。我们都在漂泊的时候犹豫过，都为了一些而放弃了另一些。而正因为我们放弃了这些东西，才让我们明白现在拥有的有多可贵。

走上去，去你想去的地方；爬上去，去你想到的高处。看得远了，也就平和了；看得多了，也就知道如何选了。

我想这就是漂泊的意义。

☼

BGM：陶喆《找自己》

愿 有 人 陪 你 颠 沛 流 离

关　　　　友
于　　　　情

about

friendship

◉ 卢 思 浩 说 ◉

　　有些友情是不会被时间打败的妖孽，但即便如此，我们都不再像从前一样能时刻陪伴、时常联系了。唯愿你过得好，像你的照片一样好；愿你能顺利，像你当时憧憬的那般；愿有人陪你颠沛，像你一直等待的那样。来日相聚，再把当时的傻事儿和回忆下酒。

大概因为他们陪了我很多年吧

◀◀   ❚❚   ▶▶   ◀）━━━━━━━━━━━━━━━━━━━━━ ◀））

沮丧的时候就抬头看星星。

哪怕乌云密布，哪怕那片天空真的一颗星星都没有，你也知道那颗星星就在那里。

绝对不会消失。

L君在上高一时树立了自己的伟大理想，那就是毕业后在班里弹吉他给女神听。这起源于他偶然间听到女神说起她觉得弹吉他的男生最帅，从此L君为了在女神面前耍帅，一头扎进了不归路。

那时，他跑了半个城市，对他爸妈软磨硬泡了一个多月，终于弄到了一把吉他。为了成为可以在毕业时约女神出来弹吉他、唱歌给她听的拉风少年，L君忽略了自己唱歌每次都跑调这铁一般的事实，开始学吉他。

于是，他用两年的时间认识到了——"音痴就是音痴，0的天赋乘以100的努力还是0"。

在上高一时，女神喜欢一支乐队，动不动就念叨。这支乐队的名字特别奇怪，叫五月天，L君甚至认真思考了一下为什么这支乐队不能叫十二月天。大概是因为这样会让他想到十二指肠，L君决定放弃思考。隔天，他招来了最好的三个小伙伴，组成了一支乐队，叫Friday。这支乐队是一支没有原创、没有乐器——除了一把吉他，而主唱是个音痴的无厘头乐队，并且这支乐队的宗旨只有一个——帮助主唱练好吉他。

转眼高二分班，L君深思熟虑后选了理科，而女神选择了文科。于是，他们俩一个在四楼上课，另一个在一楼上课。L君为了摆脱相思之苦，想到了一个办法，那就是每天上语文课之前假装自己没带语文书，宁可跑四层楼去向女神借书。不知道是女神太善良还是懒得拆穿，L君的这招整整奏效了一个学期。

在每天两次的固定互动中，L君终于达成了和女神互相写字条的目的。

为了能和女神有更多的共同语言，L君开始恶补有关五月天的知识。那时候，电视台刚播五月天的歌，是《恒星的恒心》，还有《倔强》。有一天，女神考试没考好，L君把《倔强》的歌词抄满了整张纸。女神后来特别郑重地回字条给L君："谢谢你也听到了这首歌。"L君莫名地为了这句话开心了一个晚自习。

高三毕业的夏天，L君终于鼓起勇气约女神。那天下午，L君背着吉他赶去学校，觉得自己真的拉风。可是，他和他的Friday成员四个人在校园里闲逛了一下午也没有等到女神出现。后来，他就干脆和他的小伙伴们在自己教室的讲台前面，拿着扫帚当吉他、讲台当钢琴、粉笔擦当麦克风，愣是在无比走调中唱完了《温柔》和《倔强》。

然后，L君迎来了分道扬镳的那个夏天。

认识我的人都知道这个L君是谁。

陪我度过那个夏天的小伙伴们，我们一起骑车去学校，一起去茶座点杯喝的就耗一下午，一起去先锋书店挑书。我说"老子将来一定要出书"；老马说自己要成为最牛的设计师；包子说自己没什么志向，只想和自己的女朋友好好的，被我们嘲笑了两年；李婧说先把大学念完，然后找个好归宿，这是她的人生目标。

后来，老马如愿以偿地学了设计；包子还是没能避免分手，分手后做了一件很傻又很浪漫的事情，就是把他和前女友约好要去的地方自己去了个遍，寄明信片给她；李婧因为我们后来都忙，也就慢慢断了联系。我最好的小伙伴们，几乎都和我隔着太平洋，包括那天爽约的女神。

2010年夏天，我接到一个陌生号码打来的电话。接起来听见一片嘈杂，但我终归听清了电话那头是在演唱会上，因为《温柔》的那段 talking [1] 辨识度太高。可除了那段熟到烂的 talking，我再也没有听清哪怕一句歌词。

我至今都不知道那个号码是谁的，就好像包子至今都不知道他的明信片是否寄到了。

有些人也就慢慢断了联系，有些人也就再也没见过，不管你当初和他的关系有多好，不管你当初有多爱她。

许久以后你会发现，你不是非要去看演唱会，其实不看也不会那么难受。重要的是，你在看演唱会的时候，可以和你好久不见的小伙伴相聚；重要的是，他们也在赶往那里，而你们会创造一段共同的回忆。许久以后你会发现，那些曾经陪伴你的东西，你是没有办法割舍掉的。很多时候，你会以为自己忘了，把它放在阴暗的角落里，但只要你有机会听到那些、看到那些，回忆就会变得无比清晰。去看演唱会的时候，发现五月天的歌迷越来越多，而自己早就没有当初那么狂热了。一眼看去，满是自己过去的影子。那时，我感到无比失望，不是怕台上的他们不够好了，而是怕自己终究还是远离了当初的自己，不再狂热、不再年轻、不再期待。但奇怪的是，有些东西还是留了下来。

我坐的位置并不好，看不清台上的人。我看到的，都是曾经的自己：

---

1 演唱会中穿插的演唱外的语言部分。

在自己开心的时候听的《恋爱 ing》；在自己失落的时候听的《憨人》；在旧的音像店淘到的那张专辑，还有毕业时唱得无比烂的《温柔》。还有那时候第一次看演唱会，我朋友看得一阵难过，怕以后就见不到他们了。

这个小伙伴如今已经失去了联系，让我有时回想过去，会怀疑那些日子是不是真的发生过，但有些歌却留了下来。

有时候，不得不感叹科技真的是个好东西，随便点开个网页就能听到以前常听的歌。有些人，即使你们之间有彼此的联系方式，还是会不可避免地疏远，然而耳机里的歌不会。它一直在那里，一直不变。它陪着你度过了一个又一个日出日落、一次又一次难过伤心，一听就是很多年。只有这些时刻，你才能非常笃定地对自己说，曾经发生的事情总有它的意义。

前阵子去南京，N 君问我："你怎么还喜欢五月天呢？"我说："鬼知道，大概是因为他们陪我过了那些年吧。"

就算什么都是假的，陪伴是真的；就算不再像以前那样，曾经获得的力量是真的。

如果可以，去看一场想看的演唱会，去现场听那个耳机里陪伴你的声音。当你去现场时，你会发现眼前的，除了台上的人，还有曾经的自己。因为你孤身一人时的每种心情，或开心、或难过，还有一些无法表达的情绪，都恰好被写进歌里了。或许他永远不知道你，但是你知道是那些歌陪伴你度过了那段难熬的日子。

这些年，五月天慢慢变红，不再是那支没有人知道的乐队。他们的《温柔》对很多人依旧有杀伤力，却也变成了段子广为流传。爱它的人越多，黑它的人便越多。我想，说着梦想的五月天终归是实现了自己的梦想，却没想到会有很多人把他们变成了梦想，尽管阿信一再强调自己的音乐只是追梦时的背影音乐。

如今又是一年过去了，主唱即将过生日，你也是。我们都多少成长了一些，不管是台上的人，还是台下的我们。或许我们都会怀念起曾经的他们，就像怀念曾经的自己一样，但不管怀不怀念，对他们现在是什么看法，我们终究被时间拖到了现在。我不再想告诉别人这支乐队对我的意义，因为讨厌他们的终究讨厌。有一天，情侣分道扬镳，曾经的歌不再听了，不再喜欢了，也不要落井下石，毕竟曾经陪伴过。

每个人终究有一天会明白，尽管他们（五月天）无比确切地描述了我的每种心情，我们终究还是平行线。谁都不是谁的终点，谁都不是谁的梦想，谁都有谁的生活，有自己的冷暖自知。

你只要记得，曾经失落的时候那些歌是怎么陪伴你的就好。

对于生活中每个陪伴过你的人，不管他们是以什么形式出现、什么形式消失，都是一句：

"很开心你能来，不遗憾你走开。"

而你现在还在，而我们都还没变，真是一件值得庆幸的事情。

BGM：五月天《星空》

"让我们红尘做伴，
活得潇潇洒洒"

◄◄ ❚❚ ►►| ◄━━━━━━━━━━━━━━━━━━━━━━━━━━━━━━◄))

最开心的，当然是和许久不见的好友聊天，还是互相吐槽，感觉一切都没变。只有这个时候才会真切地感觉到，距离不是那么重要了。有的人站在你面前，你们都像隔着太平洋，交谈起来像是在翻山越岭；有的人与你相隔万里，你都不会觉得有时差，不用多说，彼此都懂。

世界荒诞又真实，光怪陆离，但还好我们有朋友。

一

我们几个聚会唱卡拉 OK 的时候，常点的歌是动力火车的《当》（当然以前还爱唱《最炫民族风》和《爱情买卖》）。

虽然我们唱歌时常恶搞，但每次我们唱到"让我们红尘做伴，活得潇潇洒洒，策马奔腾共享人世繁华；对酒当歌唱出心中喜悦，轰轰烈烈把握青春年华"的时候，都会站起来唱得特认真，仿佛自己也在把握青春年华。

我和我的小伙伴们已经很久没见了。上高中时，我们是最好的朋友，一起上课、一起下课、一起喜欢同一个妹子、一起分享种子。到了大学就散了，出国的出国，去其他城市的去了其他城市，开始各自的生活。

转眼五年过去了，我又回到了最初出国到的地方：墨尔本。一个好友已经在苏州开始了职业生涯，另一个好友则去北京开始了北漂生活。一个好友开始每天在朋友圈里吐槽自己的工作，另一个 26 岁的"老男人"决定去北京追逐梦想，而我则远在澳大利亚。

墨尔本这两天一直在下雨，10 月末的墨尔本本该是夏天，这时却冷得让人发抖。临近考试，又为了租房子的事情心烦，便发了个朋友圈。一分钟后，我就收到了好友的微信。我一直觉得友情比爱情更真实，虽说在爱情来临时，我们都会忽略友情，但当爱情的光消散之后，你会发现在你身旁支撑你的，一定是友情。

二

老实说，我和我的这些好朋友彼此之间的交流越来越少，人人网已经很少上了，开着QQ更像是习惯而不是为了找人聊天，在线状态也转为隐身。以前，QQ群里每天都能有几百、几千条消息，现在安静得谁都不知道怎么开口说第一句话。到了某个阶段，彼此都踏入自己人生的分水岭，曾经的友情好像就这么变淡了。

但就像我发一条朋友圈说自己最近的不顺时，第一个和我私聊的肯定不是点赞后就没消息的，而是我的好友。只有这帮家伙在你顺心的时候都销声匿迹，在你失落的时候及时出现吐槽你，用他们的方式关心你。

最开心的，当然是和许久不见的好友聊天，还是互相吐槽，感觉一切都没变。只有这个时候才会真切地感觉到，距离不是那么重要了，烦恼什么的也都是小事。有的人站在你面前，你们都像隔着太平洋，交谈起来像是在翻山越岭；有的人与你相隔万里，你都不会觉得有时差，不用多说，彼此都懂。

你知道，在某个阶段你会莫名其妙地和一些人关系很好，和老朋友的联系也就少了起来。然而，你又会莫名其妙地和这些人失联，最后留下的还是那些从一开始就在的好友。自己失落的时候、梦想遥远的时候、工作不顺利的时候，打开通讯录，能说上几句话的，还是原来那些好友。

随着成长，留下的朋友越来越少，而那些留下的，一定很重要。

三

我不是内向的人，也从来不是那么不善于交际的人。虽说我也知道人脉在某种程度上就是一切，但比起经营一段人脉，我更习惯于自然而然。最近一两年，我的精力越来越差，也越来越懒，懒得去交际，懒得去经营所谓的"人脉"，更不想认识新朋友，懒得分辨他们的话里几句是真、几句是敷衍。

尽管如此，我还是不可避免地开始忙于扮演各种角色、遇到形形色色的人。我们知道彼此的名字、邮箱和电话号码，我们知道什么时候可能需要对方。我们都开始学会对人说鬼话、对鬼说人话，把什么都说得天花乱坠。

所以这时候，你会知道好友有多么重要。

在你什么都没有的时候，他们陪在你身边。他们本不需要这么做，但他们用整个青春的时间包容了你。你在他们面前，可以把面具摘下来，想吐槽就吐槽、想骂娘就骂娘、想犯二就犯二，笑就笑得开心、哭就哭得彻底。在朋友面前，形象是什么，能吃吗？正是因为有了这些从不客套、不损不欢的好友，我才没有变得太麻木。

之前在书里写过："陪伴"在我生命里是个很重要的词语，因为我们生来就是孤独的，我们会"经历"一个又一个人，却不知道谁能留在你的明天里。其实，我们都很清楚这一点，所以我才很珍惜每一个愿意为我停下脚步的人，很珍惜那个我可以说"嘿，接下来的路，一起走一段吧"的人。

不是说在最好的年华遇到了你们，而是因为遇到了你们，才有了我的这些年。

也因为这些好友，我才觉得回忆是真切地经历过。不必担心时光匆匆，不必担心回忆变模糊，记不清的只要好友在便能记得，说不清的只要好友在便可以分享。

四

我的老友们，虽然我们的联系越来越少，但不要担心。或许坐在办公室里和当年我们一起放学后打篮球是完全不同的人生，那也没什么好担心的。大不了我们又各奔东西，反正这些年我们都习惯了。往前奔的时候千万别回头看，我巴不得你们忙到没时间打扰我，谁离开了谁都不会怎么样，放心吧。

但是，只要你加班了、被骂了、不爽了、失恋了、梦想破灭了，只管给我"戳"个微信或者电话。放心，有这个机会，我一定会狠狠地吐槽你的。不过，再惨还能怎么惨？有什么好怕的？当年，我们都是什么都没有的傻小子，大不了我们再一起出来吃泡面，这样我也觉得开心。

这个世界荒诞又真实，光怪陆离，还好我们有朋友。

"说吧，是红烧牛肉还是鲜虾鱼板，我请。"

"说好的大餐呢？"

BGM：动力火车《当》

好好珍惜身边的每一个人，
一如珍惜自己一样

◀◀　❚❚　▶▶　　◀))━━━━━━━━━━━━━◀))

　　有些人，你可能已经和他见过最后一面了；有些人，可能你还没有意识到他对你有多重要。每个人来到你的生命里总有意义，即使你们终究要离别。好好珍惜身边的每一个人，一如珍惜自己一样，因为正是有了这些人，你才得以一路走到现在。

一

你喜欢上一个人，恰好她也喜欢你。在某段时间，这样的戏码似乎很容易上演。于是，你们在一起了。每天，穿着校服谈天说地，分享左右耳机，一起分享梦想，一起打工。你们说好要一起长大，你们说好要一起去看演唱会。然而，很多事情还没来得及做，不知怎的，你们就分开了。

后来，你喜欢上另外一个人，可是她偏偏不喜欢你。你把自己当成偶像剧的主角，说是只要她幸福怎么样都可以，哪怕永远不让她知道你喜欢过她。偏偏你们成了无话不谈的好朋友，你小心翼翼地保持着这段距离。她说她喜欢上一个男生，你就在一旁出谋划策。

然后，没有然后了。

小 R 说的话我至今记忆犹新："暗恋的好处之一，就是她的一举一动，哪怕是不经意地对你一笑，都可以让你记住很多年。这种情感完全不需要她的参与，只属于你一个人。"

再后来，你突然喜欢不上谁了。你每天和很多人擦肩而过，朋友也给你介绍对象，可你就是喜欢不上了。你也会想起之前爱过的人，当初说好的一切、当初聊天的时光。你突然想，如果当初对她再好一点儿就好了。只是，这么想了，时间就能倒退吗？

不能。

承认吧，你已不再是以前的你了。如果没有遇到那个人，你可能还可以奋不顾身、飞蛾扑火，但是你遇到了。然后，你变得小心翼翼，把自己保护得好好的。你很难过，你一点儿也不喜欢你现在胆小怕事、犹豫不决的样子。只是，哪怕你知道会变成现在这样，如果重新再来一次，你还是会毫不犹豫地选择遇见那个人吧？

二

你有很好的朋友，好到你看不到这段友情的尽头。

旁人看起来很傻的事情，你们聚在一起就会变得热血。哪怕只是半夜几个人轧马路，你们都能走出不一样的感觉来。你们谈天说地，永远有说不完的话，永远不会累。你们之间没有什么钩心斗角，什么话都能说。去唱歌，一个电话就能到，风雨无阻，喝到挂、唱到哑。你们聊着所谓的"未来"，觉得触手可及。

那时候，你觉得这样的友情必须持续一辈子。

可没过多久，朋友间突然就疏远了。QQ群已经成为上个时代的产物，人人网许久不更新。你只能粗略地了解到：A带着喜欢的姑娘出去旅行了，B突然间出了国，C去了另一个城市。仿佛每个人都有自己的人生，而你依旧在十字路口徘徊。你知道有些友情总能够天长地久，但也知道有些失去不可避免。最无奈的是，你深知这些，但还是为了这些难过。

你发自内心地觉得要好好珍惜下一个出现的朋友、下一个出现的恋人,可又突然发现你好像已经无数次下定这样的决心了。总是在浪费,总是变得不知所措,总是在逃避问题,却从不想改变。

你如愿地成了大人,却发现生活是另外一个模样:没有太出众,但也不会饿死。工作谈不上喜欢,倒也不厌恶。想做的事情不是没有,可就是不知为何都没做。听过的歌再也不听,说过的话再也不提,最后连所谓的"懊悔"都被麻木掩盖了。身边的人来了又去,好像应该觉得可惜,但又没什么可惜的,仿佛你早就接受了生活本就是如此。

三

故事的最后,当然不会这么下去。

你的生命中会出现一些人,还有一些是曾经弄丢了又突然出现在你生命中的人。你们的相遇变得平淡,没有当初那么狗血的戏码;你们的交谈也许没有当初那么热烈,因为你已经能够很好地安慰自己了。

然而,他们的出现对你来说很重要。

一切好像没有当初那么热血、那么炽热了,可是你能清楚地感觉到身边的人来了就不会走了。或者说,即使他们走了,你也会心存感激,并在心里给他们留下位置。

　　最后陪伴你的人，也许会跟你当初爱上的人完全是两个样。现在陪你喝醉的人，也许你从来没有想过陪伴你到现在的人会是他。

　　如果要问现在的你和之前的你最大的不同是什么，那一定是你学会了珍惜，也学会了平静。一个人最难的就是可以平静地面对离别，而这个世界的吊诡之处在于：当你学会平静地面对离别的时候，那些人已经在你的心里永远不会走了。

　　有些道理是突然间明白的，在你明白之前需要时间。在你明白一些道理、遇到一些人之前，好好珍惜身边的每一个人，一如珍惜自己一样，即使你们终究会面对离别。

　　　　　　　　　　　　　　　　　　　　　　　　　　　　　　．⁎☽

BGM：Dj Okawari *Luv Letter*

我们都到了
这个略显尴尬的年纪

⏮ ⏸ ⏭   ◀) ━━━━━━━━━━━━━━━━━━━━ ◀))

　　我们都到了这个略显尴尬的年纪：都不那么年轻了，却也没有足够的成长；都想依靠自己，却发现还差一点儿；都想往前走，却发现前路漫漫。前有迷雾，后有压力。可即便迷茫、尴尬，时间依旧拖着你。总有些时刻你不再相信了，可在心底你还是会有所追寻。我们都跑不过时间，只能跑过昨天的自己。

　　大年初二，我和老陈大半夜坐在马路牙子上喝酒。这家伙和我从高一起就是好朋友，转眼我们的友情将近10年了。老友相聚，总能提到以前，上高中时一起犯傻，大学里一起熬通宵。那时，大家好像都无所事事，总是一个电话就能聚到一起。现在回头看，身边的人，也就只剩下那么几个了。

　　老陈大年初三就要回银行上班，他喝酒总有一个特点，就是喜欢吹瓶，人送外号"雪花小王子"。这货又拿起一瓶啤酒准备和我一饮而尽，我忍着满肚子往外冒的啤酒气，愣是和他又干了一瓶。到后来，我撑到站起来都在打嗝儿，那货依旧若无其事地一瓶又一瓶。

　　我说："你这傻 × 这么多年来真是一点儿都没变。"

　　他说："我也就只有在你们面前还能找回一点儿以前的感觉。"

　　我沉默无语，突然间不知道应该说些什么。

　　因为仿佛我也是这样。

　　想起很久以前，我们说话总是喜欢用"终于"，就像"终于放假了""终于毕业了""终于离开这里了""终于又是一年了"。那时，总觉得任何一个告别都是一种解脱，却没想到时间把我们推向了一个无比尴尬的年龄点。

　　末了，老陈又去买了一打啤酒，然后感慨地说："总觉得我们还没长大就老了。"

我拍了一下他的肩膀，说："你居然变得这么文艺，难道是看我的书看多了吗？"

老陈接话道："哈哈哈哈……别傻了，你的书别指望我看第三遍，人总有迷茫想倾诉的时候。卢思浩，你觉得未来我们该怎么走？"

我拿起啤酒和他碰杯，说："还能怎么走？在甘心之前，一直往前呗。"

这就是大年初二的场景，我和老陈——两个傻×，两打啤酒，张家港某处的马路牙子。

没有什么能一下子拯救你，也没有什么能一下子打垮你，就像我之前说过的一样。只是时间拖着你，把你变得越来越尴尬。明明不年轻了，又不甘心彻底变成大人；明明不那么年轻了，却又没有真正地老了；明明比什么时候都想靠自己，却又发现自己靠不住；明明想往前走，却不知道劲儿该往哪儿使。

你看，多尴尬。

然而，成长的一部分就是这样，你没有办法逃开它，这种尴尬感会在很长一段时间内和你如影随形。它无时无刻不在提醒你，你已经长大了，你必须做好准备。世界就是这样，有人欢喜、有人愁，有人开心、有人难过，你不能保证自己会拿到什么样的剧本，你只能保证自己把这个剧本演下去。

就在前天，小伙伴找我聊天。大意是问我，怎样才能摆脱那种无力感。我想了想，回答他，我从来没有摆脱过无力感，就好像没能摆脱过孤独感和尴尬感一样。即使一个人再怎么努力生活，他终究要面对分道扬镳，终究要面对生命里的挫折和不如意。

既然没办法摆脱，那就承认它。承认自己有可能失败，承认到了某个阶段，朋友就是在做减法。只有这样，你才能明白什么是重要的，你才能明白现如今还在你身边陪伴你的人是多么难能可贵。

时间总是拖着你，不管你乐不乐意。即使迷茫，你也只能被它拖着走。你没办法跑过时间，你只能跑过以前的自己。到了分岔口，你就该学会分道扬镳。你得和曾经的自己挥个手说声"再见"："你就在这里待着，这里有你喜欢的东西。我不能陪你了，我得继续往前了。"懒惰也好，懦弱也罢，你得对那个自己说声"再见"。

如今，我终于能明白所谓的"尴尬"到底是什么了。

我想所谓的"尴尬"就是不上不下，不知道往哪里走，却又不甘心就这么放弃。每个人心里都有一块石头，要么让它永远沉着，要么就把它打碎扔掉。在一个人甘心之前，他总是很难把那些想法从脑海里摒除。就如同有些事他明知道是作死，可他依旧会去做。即便面前是万丈深渊，他也会往下跳。这不是傻，而是不这么做，他就不会甘心，就会每天被自己的想法折磨一次。要么走到终点，要么开始就别走这条路。

我依旧觉得尴尬，有时又无能为力，我想你也一样。可我依旧不愿意放弃，我想你也一样。我没有什么天分，很多事情总是做不好，我想你也有这样的时刻。可我依旧在努力地做着一些事，我终究相信明天，我想你也一样。

所以，这篇文章给同样尴尬的你。

我这里的冬天比想象的要长一些，雨下了好几天。我没有那么期待春天，因为春天过后总有冬天。我只是学会了在冬天时，多穿一点儿；在下雨时，准备伞。但就像天总会亮、日子总有暖起来的时候，在以后的日子，天还会黑，冬天还会来，路还很长，所以我们都要学会自己拉自己一把。

与其指望遇到一个谁，不如指望你自己能吸引那样的人；与其指望每次失落的时候会有正能量出现温暖你，不如指望你自己变成拥有正能量的人；与其担心未来，不如现在好好努力。不用太悲观，也不用那么乐观，站在自己想站的地方就好。未来是能站稳还是被风吹跑，那都是时间的事。

你知道，有些歌一听就能听很多遍，有些人一陪就陪伴了好几年。

我已经告别了太多，剩下陪着我的一些，不管是一首歌还是一个人，我都不会轻易放手，绝对不。只要有机会，我就会去听、去看，就会去和他们说说话。我已经放弃了太多，剩下的一丁点儿天赋和努力，我绝对不放手。

末日还是迟到，又是这么一年过去了。如你所知，我们依旧活着。只要活着，天就会有亮的时候。但在天亮之前，我们还有很长的路要走，我们都处于略显尴尬的年纪。然而这也没关系，就像之前说的，我们都跑不过时间，那我们就跑过昨天的自己。既然我们都免不了尴尬，那就丢掉所有的犹豫。

静下心来努力，在你跌倒还能爬起来的时候，在你甘心之前。

☼

BGM：July *My Soul*

希望你过得好，
像照片一样好

⏮ ⏸ ⏭   ◀━━━━━━━━━━━━━━━━━━━━━━◀))

　　有些友情是不会被时间打败的妖孽，但即便如此，我们都不再像从前一样能时刻陪伴、时常联系了。唯愿你过得好，像你的照片一样好；愿你能顺利，像你当时憧憬的那般；愿有人陪你颠沛，像你一直等待的那样。

前阵子，在去济南的高铁上，我一边听歌一边准备演讲稿。

包子突然在微信群里发了个表情，群里顿时像炸开锅一样，平时隐身的"大神"通通出现，一时间聊得不亦乐乎。高铁上信号时断时续，我就给包子打电话聊了一会儿。放下手机的时候，突然有点儿恍惚：上次我们几个一起聊得这么欢乐是什么时候？

聊得最欢乐的时候，是微信群刚建立的时候。每天都是成百上千条信息轰炸，大事小事什么都扯。那时，我们还在同一个城市，一个电话就能聚到一起。后来，不知道从什么时候开始，群里渐渐没了声音，那些总能见面的日子和那些无所事事的夏天恍惚间变成了上个世纪的事情。

许久前的"逗比"少年当然不明白分道扬镳到底意味着什么，想着哪怕不在一个地方工作了，也总能常常聚到一起。后来才明白，选择了一个工作、一个城市，也就意味着选择了一种生活方式。自然不必担心友情变淡了，但联系是不可避免地少了些。

以前，我觉得所谓"友情"，一定是随叫随到，轰轰烈烈，几个傻子聚到一起有说有笑，策马奔腾共享人世繁华。能时常聚到一起是最基本的，至少能天天在微信里吐槽。如今发现，能相聚的次数一年能用手指数过来，一起吐槽的次数如同"大姨妈"—— 一个月一次。

友情大概是一种不需要常常惦记，但想说话的时候可以随时开始的人际关系；不需要时常保持联系，但聊起天来感觉时间就像没走；不需要陪伴在身边，但有困难时可以第一时间到你身边。古人常说君子之交淡如水，我们还没真正成为君子，却也能体会到这句话的含意。

那天和包子互相吐槽完对方是万年不变的傻子之后，挂断电话，歌曲正好放到《直到世界的尽头》，我对这首歌永远不会腻。那时，我突然明白了一个道理：人到了某个阶段，身边的东西就是在做减法，但是在做减法的同时，你会发现有些东西是不会被减掉的。你就是知道这些东西是什么，你就是毫无缘由地相信，那些东西会陪伴着你。

被时间筛选下来的友情就是如此。

人最不能高估的就是和任何人之间的关系，有些人不去联系，慢慢地就会断了联系。谁都想各种友情能够天长地久，却没想到最难的就是保持联系。然而，人生好友能有几个便足够。也只有这些人，你知道哪怕你很久没有他的消息了，你们之间的联系也不会断。

我脑袋的容量不够，有些事情说忘也就真的忘了，但有些事情，我绝对不会轻易忘记。

如今，我们都有了各自的生活，想联系我的时候千万不要怕打扰我。但我又真诚地希望那些找我吐槽、倾诉的时候可以少些，再少些，最好永远都不要因为这些事情联系我，一定要过得好。

那天，我又打开了这些好友的朋友圈，照片上的他们总是很开心。虽然我比谁都清楚，照片背后的故事一定还有很多。而如今，我们都相距太远，希望你们过得好，就像你们的照片一样好，没有那么多背后的故事；希望你们顺利，就像你们憧憬的那般，没有那么多只能往肚里咽的苦。

　　来日相聚，再把回忆下酒。

☼

BGM：陈奕迅《最佳损友》

准时、平等和真诚

越是朋友，就越不应该站在指责的立场用教训的口吻说话。真实不代表刻薄，指出问题不代表批判，而是在尊重对方的前提下分享自己的想法。好友之间不存在高与低，不需要优越感，也不存在迎合，会照顾彼此的感受，准时、平等而又真诚。

以前，我们的生活圈中有个共同的朋友。之所以说是以前，是因为他渐渐淡出了我们的朋友圈。

他最大的特点就是给身边的人泼冷水：D姑娘失恋的时候，他说"我早就和你说过了，你偏不听"；老马帮他画了幅画，他没有一点儿感谢的念头，话语里反而隐隐约约透露出不满，仅仅因为老马没有一早传给他；朋友减肥的时候，他说，"减什么呀，这么辛苦还是趁早放弃吧，我这是为你好"，一句话让朋友的热情结成了冰。

友情致死的凶手之一，就是这句"我这是为你好"，亲情也是一样。而且，越是熟悉一个人，就越有可能忽略对方的感受；越容易给他人泼冷水，就越是容易忘记别人对你好从来不是理所应当的，越是容易忘记"哪怕是朋友，也不应该站在教训的立场上和他说话"。

泼冷水不等于忠言逆耳，很多人就是忽略了这一点。不知道是不是每个人的生活中都有那种靠自我优越感来维持感情的人，他们需要靠这种优越感来维持自己的存在感。而他们这种优越感来得比什么都莫名其妙，总是来一句："我这是为你好。"或者说："我这个人就是这么直。"这成了他们的"免死金牌"。

不要总揭别人的伤疤，说话又冲，给身边的人泼冷水还一副"我这是为你好"的扬扬自得的神情。会不会说话和阿谀奉承是两码事，基本的尊重一定要有。交谈的最基本准则就是平等，而不是一副很有优越感的样子。哪怕是朋友，这一点也一样。在我看来，朋友相处的基本点有三个：准时、平等和真诚。

我之前看过一段话："有很多人误解了刻薄和尊重，这个时代并非礼貌就意味着虚假。你可以选择毫不掩饰地说出自己的内心话，但这不意味着你必须让对方感觉到尴尬和无地自容。真实不是直接，而是在尊重对方的前提下分享自己的想法。"

真正的忠言逆耳，是站在朋友的角度设身处地地为他分析。能给出建设性意见自然最好，给不出意见站在他身边给他支持就可以了。

准时是两个人之间最基本的尊重，没有人是天生需要等你的，这就和"哎呀，我这个人天生就是会迟到"一样无力。如果真的会晚到，大可以打个电话或者发个微信提前告知，而不是大家都到了，你才慢悠悠地赶到，一副全世界就应该等你的样子。朋友不生气那是因为他的包容和涵养，不过谁都不傻，当一次次的忍让换不来尊重时，每个人都会在下次聚会的时候下意识地把你排除在外。

不管怎样，都会造成彼此的疏远。

真诚更是我交朋友的必要条件。生活本就辛苦，需要我们常常掩饰自己，如果在好友面前还要常常掩饰，那我宁可不要这样的友情。我不在乎这段友情能不能给我带来人脉，我更希望我们能够并肩同行，在彼此缺乏能量的时候能够互相支撑。即便我们的做法和所在领域都不同，只要想到彼此觉得踏实就可以了。

平等同样重要。想尽办法去钻一个圈子，绞尽脑汁去取悦你想爱的人，踮起脚来证明自己比别人高，都比不上遇到一个让自己舒适的圈子。我始终相信，当我有足够的能力时，我自然可以有跟我相似的朋友。如果一份友情需要时时迎合和取悦，那不如不要。一份好的感情应该是：我成功，他不会嫉妒；我低谷，他也不会轻视。

还记得以前买衣服时遇到的一对情侣。男方为女方挑衣服，他刚拿起来一件，就听到女人尖厉又充满嫌弃的声音："这个太丑了，你会不会挑衣服啊？"至今仍记得销售员和男方一副尴尬又欲言又止的表情。

每个人在生活中都能保持一定程度的礼貌和宽容，但永远不要一而再，再而三地挑战一个人的底线。如果有一天你的朋友或者爱人离你远去了，那或许是他纠结了很久却又不得不做出的决定，只是你不知道而已。有时候，在朋友失意的时候，你一副指责又趾高气扬的样子，这会比失意这件事本身更让他寒心。

没有人天生就该听你的，也没有人天生就应该对你好，心存感激、互相包容、保持尊重才能尽可能长久地维持任何一段感情。指出别人的缺点时，有人建立在嘲讽的基础上，有人建立在尊重和了解的基础上，往往后者才是真正为你好。

愿你远离前者，珍惜后者。

☼

BGM：Dj Okawari *Afterschool*

总之，
有些人后来真的再也没见过

⏮ ⏸ ⏭　　◀━━━━━━━━━━━━━━━━━━━━◀))

　　每个人都在赶路，有自己的目标和自己的生活。有人和你的目标一致，有人愿意停下脚步，有人愿意在有限的时间里陪你认真地走。最终，大多数人或许会分开。我经历过，我知道他们很重要，即使有一天不可避免地散了，也不强求他们的陪伴。

　　总之，有些人后来就真的再也没见过，而对至今还在身边的，一千次一万次感激。

一

微信群里有一个姐们儿，说自己马上要毕业了，昨儿跟自己的好姐妹去夜店里蹦跶，然后半夜在马路上边哭边喊，于是她今天嗓子哑得跟杨坤似的。

我毕业的时候倒是风平浪静，什么疯狂的事也没干。跟兄弟喝酒的时候一直很正常，感觉仿佛毕业只是再常见不过的程序。末了，我一个人收拾行李的时候，听着 *Yellow*，突然间就跟傻子一样哭了起来。我一直是个钝感严重的"傻缺"，大概直到那个时候，我才明白自己要告别的是什么。

告别。

虽然我们都在彼此的同学录里写着"友谊常在"之类的字眼——也不知道现在是不是还流行同学录这样的东西，还是现在早已互留微信和微博，但还是莫名其妙地失联。曾经的人人网热闹的景象也不见了，取而代之的是一片沉默。

倒不是不想去联系，只是怕联系的时候只剩下一句"好久不见"、一句"最近还不错"便无话可说。谁都害怕曾经的友谊变得如此似是而非，所以干脆不联系。也因为逐渐走向各自的生活轨迹，偶然想起的时候，只是害怕打扰。

6 点起床只为了见她一面的那个姑娘、晚上熬夜在楼下一起抽烟的死党连同他欠我的那顿饭、失恋的时候陪我很久又突然失联的姑娘、散伙饭上抱着哭的哥们儿……

后来就真的再也没见过。

二

2009 年，五月天来墨尔本开演唱会。我第一时间一个人去买了票，满怀欣喜地等着他们的演唱会，结果钱包在电车上被偷了，连同演唱会的票。不甘心回家，我就在外面晃荡，一直晃荡到凌晨，谁知道晃荡到末班车都赶不上了，无奈之下只能坐在台阶上等天亮。墨尔本是个不夜城，时不时有出没于夜店的当地人经过。后来，一个西装革履的中年人一屁股坐在我旁边，和我聊起天来。

他刚从公司加完班，车子被借走了，又被朋友放了鸽子，没赶上末班车，结果一眼就看到了坐在台阶上的我。于是，我们就去了一个类似于小清吧的地方聊天，一直聊到第二天早上。如今，我还记得他的样子，却不记得我们聊天的具体内容了。只记得一句："It is great to see someone like me who looks so bad, hah."[1]

回国后，有几天很晚的时候，从街上回家，看到有个奶奶在街边卖马铃薯，我都会买上几个。元旦那天，和朋友喝完酒回家，想着应该不会遇到她了，结果一转弯还是看到她在那儿。元旦的天有多冷大家也是知道的，

---

1 见到有人看起来跟我一样糟糕，真是太开心了。

无意去责怪她的子女，也不想问她的苦，就多买了几个马铃薯，跟她说不用找钱了。

她却执意去旁边的便利店换了钱找给我，还对我说晚上很危险，早点儿回家。

在旅途中碰到的小姑娘，当时我们都挺中意对方的，可是也明白旅途中同行一段以后就会散了。互相留了联系方式，说着一年后我们回到这里，如果我们还能遇到，我们就在一起。之后，我们保持互相寄明信片的习惯很久。然而一年后，我们谁也没提起这个日后看起来幼稚的约定。

我以为我早把他们忘了，却还是能在某个时刻想起来。

这些人，更没有再见面的机会。

三

萍水相逢的人如此，那些曾经住在生命里的人也是如此。曾经在一起的姑娘，爱的时候死去活来，说什么也不能让我们分开，信誓旦旦地说毕业后就结婚。然后突然就吵了起来，也忘记了具体原因，她突然来了一句："我们先冷静一段时间，冷静完了再去找对方。"结果没想到，这一段时间的期限，是一辈子那么长。

失去缘分的人，即使生活在同一个城市也难再遇见。于是，我再也没能见到她。

有段时间，会突然和一些人关系很好，甚至想不起来是怎么认识的。那时候，一起唱歌一起玩、一起喝酒一起醉、一起看姑娘、一起聊感情，然后突然间又全部消失了。

如果你一天不去联系、两天不去联系、三天不去联系，慢慢地，你们就变成彼此生命中可有可无的人了。想想虽然无奈，却也只是无奈。

后来，我开始想，为什么我记不清上初中时坐最后一排的人是谁，却能记住很多只见了几面的人？

谁知道。

那些恋人未满的人，总尝试着做些什么，他们的感情却还是无疾而终；那些萍水相逢的人，在一起的感觉是那么自然，最后却还是杳无音信；那些曾经爱过、恨过的人，经历了很多还是分开。离别似乎永远是相遇必须面对的命运。

然而，我写下这些，仔细回顾过去遇到的人之后，开始明白：

每个人的人生都是一个过程，你从不会做饭到后来的得心应手，从一开始一个人生活的不知所措到现在的井井有条，从根本不能习惯离别到最后的平静，从曾经爱得过度疯癫到现在的小心翼翼。在这个不可逆的过程中，我们只能沉淀、只能向前，变成另外一个人。这个人也许成熟、也许挣扎，只愿你能变成你不讨厌的自己。

而在其中起到很大作用的，就是你遇到的人。也许他只是在你难过的某个时段恰好在你身旁，也许他在你生病的时候总是在你身旁，也许你连他的名字都不知道。

这个世界有的时候就是这么不公平：有些人拼命想进入你的世界，而你记得的只是陌生人的一个侧影；有些人爱了你很多年，你却偏偏爱上只见了几面的另一个人。它就是这么不公平，而我们只能学会面对。

所以，我越来越相信，每个人来到你生命里自有他的意义，哪怕他只能陪你走一段路，也许你们的相遇只是为了告别。至少他在某个时刻和你产生了共振，让你觉得生活似乎不那么难熬。

而我们终究要开始习惯过明天没有课的生活，学着摸爬滚打。随着毕业，留下的东西会越来越少，但也越来越重要。还好有你，能一起回忆起那些年。老朋友，这比什么都重要。

总之，有些人后来真的再也没见过。

而对还能陪伴至此的人，一千次一万次感激。

☼

BGM：Coldplay *Yellow*

我要的不是口袋，
而是你这个朋友

⏮ ⏸ ⏭　◁━━━━━━━━━━━━━━━━━━━━━◁))

　　那时候，他们的故事还没有变成漫画。对他来说，它只是一个从抽屉里钻出来的怪家伙。直到很久以后，他才明白过来，他想要的从来就不是那个有很多道具的口袋，而是一个在他难受或开心的时候都能在他身旁的朋友。

一

从前有个白痴叫大雄。他成绩特别差，逢考必挂。他经常被胖虎欺负，在人群中一点儿都不起眼。

他喜欢的姑娘叫静宜，但他连和静宜讲话的勇气都没有。

他出门忘记带钥匙，在回家的路上跌进下水道，他总是被自行车撞，什么倒霉的事情都能发生在他身上。

有一天，他问妈妈为什么自己那么倒霉。妈妈说，现在倒霉是为了以后的好运气。

二

胖虎很强壮，班级里所有人都怕他。他最看不惯的就是一个叫大雄的白痴，因为他实在太笨了，又很瘦弱。

不知道为什么，他看到这么瘦弱的人就觉得不爽，觉得那种无名小卒没有存在的价值。

于是，他开始跟大雄作对，不停地欺负大雄。

他是班里朋友最多的人，可他一点儿也不开心，因为他觉得自己没有真的好朋友。大雄却有一个很好的朋友，虽然那个朋友长得很奇怪。

胖虎一直觉得只有强者才会有朋友，所以想不通为什么大雄那么弱都能交到好朋友。

三

大雄的好朋友叫哆啦Ａ梦。

那时候，他们的故事还没变成漫画。对大雄来说，这家伙就是一个从抽屉里爬出来的怪家伙。明明是只机器猫，却没有耳朵；明明是从未来来的，可什么都不告诉他。

但这个怪家伙有一个神奇的口袋，里面有各种各样的道具。

哆啦Ａ梦有任意门、竹蜻蜓，有记忆面包帮大雄应付考试，有时光机让他回到过去。虽然时而不靠谱，却是不可多得的好伙伴。

那时候，大雄没有多想，只觉得哆啦Ａ梦的口袋太棒了。

有一天，他问："哆啦Ａ梦，你有没有什么道具能让静宜喜欢我啊？"哆啦Ａ梦摇摇头，说："我没有这样的道具。"

为此，大雄一直和哆啦Ａ梦闹别扭。

四

转眼，他们上完小学、初中、高中，今年夏天，大学就要毕业了。

大雄、胖虎、静宜来到了同一所大学。这时的胖虎总和大雄拌嘴，互相吐槽。在别人看来，他们的关系还是很不好，但不知怎的，他们成了好朋友。

小时候同班的伙伴，如今只有他们保持联系。身边留下的人越来越少，但留下来的一定是朋友，不管你们当初的关系如何。

更何况，现在的大雄虽然总是笨手笨脚，但他一点儿也不白痴，甚至拿到了奖学金。

胖虎自然以为这都是哆啦A梦的功劳，虽然自从上大一之后，他就再也没见过哆啦A梦。

五

大雄一直喜欢静宜，可是一直不敢开口。胖虎嘲笑他是个透明人，大雄只能在心里苦笑。

这个小透明一直喜欢静宜，他变着法子关注她：在她生日时悄悄送礼物，微博上默默关注她。静宜难受的时候，他会发几句安慰的话。静宜拍照的时候，他会夸奖她。有时候，静宜心情好，他又变着法子小心翼翼地吐槽静宜。

静宜不知道什么时候开始关注大雄的，她只是很巧地发现自己难过的时候他都在，自己一个人的时候，他会陪自己说上几句话。可是一回到日常生活中，大雄总是什么话都不讲。

这让她觉得很困惑。

她哪里知道大雄一直以来的自卑。

六

大雄在大三时休学了一年，静宜突然发现曾经的那个小透明不见了，很不习惯。

她找到胖虎，可胖虎也不知道原因。

还好她知道大雄家的住址——从上小学时就没变过。

她找到大雄家，想去找大雄，却看到大雄一脸难过的样子。突然间，她不知道自己该说什么，准备好的台词也消失得无影无踪，犹豫了一会儿就默默地离开了。

这是他们最接近的一次。

七

哆啦Ａ梦做了一个很长的梦，它梦到静宜最后嫁给了大雄。在婚礼上，它哭了。机器人本不会流眼泪，可这次它哭了很久。再后来，它听到了自己的零件坏掉的声音，接着就什么都听不见了。

迷迷糊糊中，它看到有人来回收它，感到自己被人背着走了很长一段路。它就这么迷迷糊糊地在梦里走了很久。

它以为自己再也醒不过来了，却在迷迷糊糊中又听到了声音。

"哆啦Ａ梦，哆啦Ａ梦。"是大雄的声音。

它看到了戴着眼镜、一脸疲惫的大雄。

八

眼前的大雄显得疲惫又高大。

它不知道发生了什么，还以为自己走错了时空，忙打开抽屉钻了进去，想乘上时光机回到原来的时空，却一头撞在了木板上。

时光机不见了。

它又紧张地看了一眼自己的口袋，还好口袋还在。但是，它接着又发现了一个可怕的事实：里面的道具都不见了。

九

大雄跟它说了很多。哆啦Ａ梦在大雄上大学的时候就开始神志不清，到上大三那年彻底坏掉了。现在已经过去五年了，大雄终于找到了修复它的办法。

"那静宜呢？你们结婚了吗？我梦到你们在一起了。"哆啦Ａ梦问。

大雄笑着摇了摇头，说："大学毕业的时候，我们就分开了。小学、初中、高中这么多年的缘分突然就没了。后来，也不知道她在哪儿，大概老天也在惩罚我一直不敢开口。听胖虎说，我休学那年静宜来找过我呢。这样就足够啦，至少知道她很关心我，说不定这样是最好的。"

哆啦Ａ梦突然想起来，大雄曾经问它有没有能让静宜喜欢上他的道具。

它责备自己为什么什么样奇怪的道具都有，可偏偏没有那样的道具。

十

"对不起，"哆啦Ａ梦低着头，"我没有能让她喜欢上你的道具……"

"哆啦 A 梦，"大雄打断它，"听说在你来的那个时空里，我和静宜是在一起的？"

哆啦 A 梦点点头，大雄笑着说："那就没关系了。小时候，我妈妈说我之前倒霉都是为了将来的好运气，我就把我的所有运气都让给那个平行时空的家伙吧，就让那家伙尽情疯、尽情闹吧。我这么笨又倒霉，能好好生活到现在就很好了。"

哆啦 A 梦还是很难过，因为它再也没有那些道具了。它觉得自己再也没办法帮助大雄了，想就这么离开。

它看看大雄，说："可是，我的口袋已经永远坏掉了，再也没有那些有用的道具了，我已经没办法再帮你了。"

大雄说："没关系，我现在比什么时候都明白，我想要的不是你的口袋，也不是什么道具。我要的是你站在我身旁，口袋不是我的朋友。

"你才是。

"哆啦 A 梦，我等你很久了。"

BGM：周杰伦《梯田》

要用多久，
我们才能坦然接受和自己不同的存在

⏮ ⏸ ⏭   🔊━━━━━━━━━━━━━━━━━━━🔊

　　我花了很长时间才意识到，偏见一直存在，可我们自己很难察觉，因为我们会习惯性地对一个人或者一件事下定论。这种东西根深蒂固、难以改变，但很多时候一个人的弱势不是他自己造成的，他本身有很多闪光点，就和每个人一样。尝试理解或许是徒劳的，我们需要的仅仅是停止我们的指责。

最近一直在做有关 disability[1] 的 research（研究调查报告），突然有很多话想说，把这些话总结起来就是：对一个身心不同于大多数人的人的最大尊重，就是对他一视同仁。当然，这里的一视同仁不是说物质上或者身体上的（盲道、残疾人专用通道这些是必要的），而是指人与人之间的相处。

我第一次接触残疾人是在大二，上课前，看到一个人走路十分别扭，我没太在意就赶去教室了。后来发现他和我上同一节课，更巧的是他和我被分到了同一个小组。我还记得他一瘸一拐地走进教室，我一边想他是怎么了，一边盯着他看。坐在我旁边的澳大利亚女孩一脸难以置信地看着我，对我说："Stop staring at him! You are so rude."[2]

这是我来这里学到的第一课，同时也感叹他们的包容度。他们可以很平等地对待残疾人，在对方提出需要帮助的时候，能顾及对方的自尊心。这是我很难做到的。

和他做了几次小组作业后我得知，他的腿在他 16 岁时因为车祸截肢了，现在对假肢还不是特别适应，有时候还需要拐杖。组员们从来不把他当残疾人看待，上下楼梯时会耐心地等他。没有人会盯着他奇怪的走路姿势看，也没有人会提起这个话题。

我认真思索：如果以前遇到这样的人，我会是什么态度？如果他是我

---

1 Disability: n.无力，无能，无资格。

2 不要盯着他看！你这样很不礼貌。

在街头偶遇的陌生人，我看到他奇怪的走路姿势应该会敬而远之，目送他离开；如果他是我的朋友，我大概会在他出现的时候就去扶他，这在我看来是必要的礼貌。然而，在我接触了这个小组之后，我深刻地觉得，对残疾人最大的尊重，就是对他们一视同仁。有时候，搀扶和帮忙很有必要，但永远不要伤及他们的自尊心。

有时候，你善意却不必要的帮忙，会让他们二次受伤。不要刻意去帮忙，更不能把他们当怪物。残疾人最大的自尊和期望，就是希望在与别人相处时能被看成正常人。

在做 research 的时候，我在电脑上看到了大量图片。老实说，第一次看到残缺的手或者残缺的腿的时候，我觉得毛骨悚然。有个人的手被烧得只剩下手掌，那张图看得我心头一紧，当时没忍受住冲击立刻把图片关了。试想一下，如果这样的人出现在你的生活中，你会怎么样？你会不会盯着他残缺的那部分看？你会不会无法掩饰自己嫌弃的表情而敬而远之？你会不会在他行动的时候盯着他看？

我们要什么时候才能坦然地承认每个人的客观存在，并且能够坦然地一视同仁地看待他们？身体上的疾病或者残缺我们很容易发现，那么心灵上的呢？

在我以前居住的小区里有个疯婆子，整天神神道道，满身泥垢，人人对她敬而远之。听人说起她以前是受了刺激才神神道道的，还去过专门收精神病人的医院。后来，她出院了。她的病早就好了，也开始很认真地工作，想养活自己。只是谁都知道她是从精神病院出来的，没有人愿意和她亲近，后来不知道怎的，她又疯了。我看着几个阿姨说这件事情时一脸同情又嫌弃的表情，突然间不知道应该说什么。

我想或许我们的行为稍微改善一些，她就不会这么无助。

平心而论，如果我遇到这种情况，我会怎么样？在我的高中时代，如果在小区里遇到一个以前精神失常过的人和我搭话，我会怎么做？我甚至可以想象，如果我不知道这种情况而和她说了几句话，周围的阿姨一定会把年幼的我拉走，一边指指点点一边告诫我："那个女人以前疯过，哪怕现在好了，你也要离她远一点儿，知道吗？"

我可以想象那个后来又彻底疯了、家人说要带她去医院，她拼命反抗——不吃不喝哭着撒泼的"疯婆子"，在当时面对这样的情形时所受的压力。有时，我甚至觉得，疯了也好，至少活在自己的世界里时是快乐的，不用面对那些莫须有的指责、那些莫名的指指点点。

要用多久，我们才能平静地对待每个人的不同？才能明白不管什么样的人都是世界上的客观存在？才能明白每个人其实都一样，只是你比他们幸运？漠视和嫌弃会让一个残疾人受到二次伤害，会让一个本来病好的人彻底疯了。

或许我们永远学不会换位思考，永远无法站在他们的角度感受他们面对的压力，但我希望我们至少能意识到一个人跟你不一样、一个人之前受刺激疯过，这些都不是你可以漠视、嫌弃、指点他的理由。世上每个存在、每个不同都有它的理由，但愿我们最终都能学会承认每个人的客观存在，不再戴着有色眼镜对待自己无法理解的事物。

　　希望更多人可以意识到，世界上有很多人和我们是不同的。可能他们的基因决定了他们是少数派，可能他们的遭遇让他们和常人不同，但这都不是他们的问题，这不是任何人的问题。每个存在都是合理的，尝试理解或许是徒劳的，而我们要做的仅仅是停止漠视和指责。

☼

BGM：Maroon 5 *Daylight*

愿 有 人 陪 你 颠 沛 流 离

关于　梦想

about

dream

◉ 卢 思 浩 说 ◉

　　总有些时刻你不再相信了，可在心底你又会有所追寻，你还是豁出去去等待、去努力。在每一个追寻的过程中，有太多的不可控，谁都不知道明天是天堂还是地狱，你唯一能做的就是现在努力，跑过昨天的自己。

　　不惧怕黑夜，是因为心里有光。

当你还有青春的时候，
别悔恨青春

⏮ ⏸ ⏭   ◀ ▬▬▬▬▬▬▬▬▬▬▬▬▬▬▬▬▬▬▬▬▬ ◀))

我们总是在上高中的时候怀念初中，上大学时怀念高中，工作了怀念大学，青春时想着长大，老去了又怀念青春。等到很久以后才发现，我们经历的每个时期都是最好的。如果说真有什么遗憾的话，那便是在当时没能好好度过。不活在过去，也不活在未来，活在当下最重要。

当得知《致我们终将逝去的青春》要被搬上荧幕的时候，我一点儿也不意外，仿佛在这个全民回忆的时代里，不隔三岔五出现这样的电影才奇怪。

然而，电影是电影，生活是生活。

大丹看完电影后哭得稀里哗啦，边哭边说："这才叫青春。"

我跟她说："你这样的，也叫青春。"

她白了我一眼，说："我怎么觉得自己的青春平淡得要死？"

我说："那难道就不是青春了吗？你的那些日子难道是假的吗？"

像郑微那样遇上陈孝正轰轰烈烈地爱一场，当然是青春。

像阮莞那样在青春的时候包容了一个错误的人，当然是青春。

像张开那样默默地爱着阮莞，甘愿做配角，也是青春。

而你每天早上去图书馆占位，连着三个月总是遇到同一个人，今天在你犹豫着要不要跟她打招呼时，她却突然对你莞尔一笑，这样的日子，毋庸置疑，也是青春。

你总有自己的生活，跑到别人轨道上的火车，永远到不了你想去的目的地。

我相信生活中大部分情况，一定不是像郑微这样，更多的是像张开那样默默地暗恋一个人，从来没让那个人知道。或者是暧昧了很久，最后自己在那儿纠结得快要死掉了，却还是没能和那个人在一起。在很多电影里，这样的青春只是配角的戏份，而对于每一个身陷其中的人，却占据了所有戏份。平淡也好，轰轰烈烈也罢，都一样。

郑微在阮莞死去的时候说过一句话，她说生活不是只有感情。

青春更是如此，不是拥有轰轰烈烈的感情才算度过了自己的青春。有人把青春耗在暗恋里，有人则把感情短暂地放到了一边，选择追逐梦想。每个人的青春千差万别，每个人都会遇到让自己仰望的人，也会遇到自己想做的事。这些或许在别人看来根本不值一提，但对于每个身处其中的人来说，却都是实实在在的经历。

记得我在北京第一次和大家见面时，说的主题就是："当内心还不甘心的时候，就没到放弃的时候。"在这里想稍微改变一些：当你内心还不想放弃现在还坚持着的东西时，你的青春就还在，至少你还没有老去。更何况，那些口口声声说着自己青春不在的人，明明正处在别人无比羡慕的年纪；那些常常说着自己老的人，根本就没到老去的时候。

如果你问我青春和努力到底有什么意义，那么变成更好的、独一无二的自己，便是青春和努力的全部意义。青春所经历的一切能带给你的，除了更从容的自己，别无他物。而只有你能足够从容地真正面对生活的时候，你才会遇到一个跟你无比契合的人。

其实，你早就知道，你之所以不停地追忆以前，说自己老了，只是因为现在过得并不像自己想象的那般。10岁刚出头的你、15岁的你、20岁的你，一定对未来充满渴望，觉得20多岁一定是无比美好的年纪。只是现实常常不像我们想的那般，所以我们开始不想长大，开始不停地怀旧，沉浸在回忆里。

有时候，回忆是会骗人的，一滴眼泪也能变成琥珀，再小的事附着所谓的"回忆"也能熠熠生辉。但其实经历的时候，也不过只是那样。你的现在会变成将来的旧照片，怀念过去无法改变你的现在，永远要在现在制造一些将来回忆起来有力量的回忆，永远要现在努力。我们可以偶尔回头看，但总要向前走。如果一个人一直回头看，那么他的青春或许就真的不在了。

回忆到底是什么？我认为，回忆是一种力量。尽管有时它会让你痛苦不堪，但在那之后，你会从回忆里看到前行的力量。

当你还青春的时候，别悔恨青春。不是说你看了《致我们终将失去的青春》，你的青春就也跟着消逝了。明明是二十出头的年纪，却硬要以40岁的心态过日子。你在15岁的时候，明明最羡慕的就是现在你这个年纪，如今真的到了这个年纪，你又在哀怨些什么呢？如果你不把今天过得比昨天更有意义，那明天的到来又有什么用呢？

如果你在20岁的时候不做一些能填满你40岁回忆的东西，那到了40岁，你该用什么填补生活呢？

你的青春，你只能自己过，再多弯路你也只能自己走。轰轰烈烈也好，平平淡淡也罢，你都得自己走完。关于你的未来，只有你自己才知道，想要的东西只能自己去争取，冲破牢笼这件事情也只有你自己能做。

电影明星约翰·巴里莫尔说过："人不会老去，直到悔恨取代了梦想。"以此共勉。

至少在悔恨取代梦想之前，我们还有足够的理由和时间继续向前。

BGM：OneRepublic *Counting Stars*

为了什么，
你可以愿赌服输

⏮ ⏸ ⏭   🔈▬▬▬▬▬▬▬▬▬▬▬▬▬▬▬▬▬▬▬🔈

（我有做年终总结的习惯，这篇文章写给我的2012年。昨天，写日期写到2014年的时候，突然一阵恍惚，时间过得真快。）

人生其实就是一场赌局。赌你的职业，赌你的将来，赌你的梦想能最终撑过现实，赌你的现实能压倒你梦想的躁动，赌你爱的人能最终爱上你，赌时间能让你忘记你曾经的爱人。关键在于，为了什么，你可以愿赌服输。

我记得我写下这段话，是在 2012 年 12 月 21 日，正值传说中的 2012 年世界末日。

其实，那天一如往常，我起床读书、听歌、和朋友聊天，想着新书的内容，对着要交的论文发愁。隐隐约约有些期待末日，又莫名地觉得如果真的是末日也未免太可惜了。那时的我，刚交完新书稿，正在准备GMAT，经历了奥运会，经历了出版社风波，也经历了他国惊魂。虽然磕磕绊绊，但也终究是在向前走着。

如你所知，世界末日没有来临，我们依旧好好地活着，或许我们都不知道自己有多幸运。那天，我开始重新规划自己的生活，心想，连世界末日我们都躲过了，还怕什么？

我时常自我怀疑，觉得每天都是末日，觉得自己的未来一定到不了。可是，每天的早晨依旧如约而至，生活也没有被判死刑。有时候，我觉得自己不再相信了，可又在心里保持着追寻。那时，我觉得自己矛盾，如果不相信，那为什么还不放弃一些东西？如果很确定，那我又为什么不断地怀疑？

后来我才明白，大多数人都是在跌跌撞撞中成长的：不停地自我怀疑，然后最终坚定；不停地否定过去的自己，然后成为自己。那些告诉你他们从小就知道自己的梦想是什么并从没怀疑过的人，要么是天赋异禀，要么就是在扯淡。我们中的大多数人，都在不停地修正自己的想法，不停地寻找自己的道路，时而撞得鼻青脸肿，时而摔得七荤八素，这一切都因为人生其实就是一场赌局。

你在赌你的梦想能撑过你的现实，你在赌你的现实能压倒梦想的躁动，你在赌你能够忘记那个给过你一切然后把一切带走的人，你在赌你现在遇到的这个人是你的真命天子，赌你能和他过一辈子。

有人相遇了十天，然后闪婚了，过得很好；有人一起过了 10 年，还是分开了，痛苦不堪。有人在这一年里实现了自己的梦想，春风得意；有人在这一年里处处不如意，苦不堪言。这些都没关系，如果为了梦想，你愿意赌上你的时间，那就去赌；如果为了眼前的人，你愿意赌上自己的感情，那就去赌。只要你能为了梦想，愿赌服输；只要你能为了他，愿赌服输。

我在今年的光棍节那天写道："也许让你行走一辈子去寻找的，只是一个可以随时把她吵醒而不用担心她生气的人，一个不管你是难过还是开心，即使不说话，也能默默陪在你身边的人。或者说，不管世界变成什么样，你都不会那么在意，因为你已经看到了那个最珍贵的人。对于生命中每一个这样的你，一千句一万句感激。"

其实，连我自己也不确定，我是不是能遇到这样一个人，但是我依然对每一次相遇都心存感激。

这一年，我开始了我的间隔年，时隔四年多第一次在家里待了超过两个月的时间。

想想之前的生活，我一个人住了四年。饿了就做饭，醒了就上课，无聊了看书，空闲时间还能写写专栏和做采访赚取外快。自以为可以把自己照顾得很好，却忘记了照顾好自己跟照顾好别人完全是两码事。我看似独立，实则依赖：依赖于自己与世界的隔绝关系。所以在城市里迷路也没关系，可以慢慢找路回家；所以手机没电了也没关系，可以回家再充电也不怕有急事；所以每天熬夜通宵把身体搞垮也没关系。

你问我怀念这段日子吗？我会说怀念。但是，如果你问我还想不想继续过这样的日子，我会很肯定地告诉你：不想。原因很简单，我之前所有一个人的生活，都算是一种修行；我之前所有的寻找，都是为了在还没老去之前，能让自己以自己的能力照顾好自己。接下来，我想好好照顾我的父母和我爱的人，不再让爱我的人为我操心。

不让人操心是最靠谱的品质。

这一年，我遇到了很多很好的朋友。我的室友是个很会做饭的厨男，跟着他，我学会了做不少菜。他也是个打工狂人，从下午4点下课打工到第二天凌晨4点对他来说是家常便饭。有一天，我为了考试背单词做题到凌晨3点回家，才发现他还在打工没有回家。跟我同系的一个女生，毕业典礼的时候只有她一个人，她爸妈在国内没有来。我问她，不会觉得遗憾吗？她说，没关系，想给家里减轻点儿负担。同系的一个男生，换女朋友的速度跟换衣服一样，直到有一天他才说，他无比痛恨现在的自己。

《了不起的盖茨比》里说："不是每个人都拥有你这样的条件。"换句话说，我们永远无法评判一个人，因为没有经历过他的人生。

　　有时候觉得世界小得可怕，有些你不想让别人知道的事情传播的速度很快，你永远不知道那些讨厌你的人会在背后怎么评价你。有时候又觉得世界大得不可想象，失去缘分的两个人，哪怕原来再亲密，也没有办法再见面了。但是，被曲解、被遗忘，那都是别人的事。在年轻时，无论爱恨，都要用力生活。

　　我曾经有很多梦想，很多。梦想成为警察，梦想成为律师，梦想成为科学家……小时候总梦想成为很酷的人，有很酷的职业。长大了一些，发现自己不是那块料儿，还是当个善良的人就好。再长大了一些，发现从某种意义上来说，做个善良的人比做科学家要难得多。再后来，我就想做个温暖的人就好，做个能不让孩子们讨厌的人就好。然后，就到现在了。

　　去年的我还在与现在不一样的城市，有跟现在不一样的心境，背着跟现在不一样的包。不管你相不相信、察没察觉到，改变早就发生了。你现在听的歌、看的书、去的城市、接触的人，你现在的纠结、挣扎、痛苦，会慢慢地堆积成你未来会变成的样子，会慢慢地接近你想要的那个明天。

　　这些年来，自己最大的收获倒不是什么别的，而是忍耐力。不是一味地忍受，而是以前会让自己倒下的事，现在可以坦然处之了；以前觉得过不去的坎，现在觉得没什么了；以前不停抱怨的，现在会接受，然后努力；以前无法应对的，现在能从容地应对了。我知道未来或许会很糟，但不再不安，我相信这些都能过去。

　　尽力去做一些事，就当运气从来不站在你这边。宁可心服口服地败在运气上，也不要心有不甘地败在努力上。

今天，看到有人在微博上回复："原来我们还是有 2013 年啊。"不由得想起之前世界末日传得沸沸扬扬的时候，自己也脑补过世界末日的情景。

没有末日，只是也没有奇迹。你还是每天有规律地上下班，挤着永远不准时的地铁，困在一潭死水的人生里，变成自己不喜欢的那种人。你隐隐地期待末日，为自己找一个逃离的借口。别傻了，不喜欢现在的自己，只有拼命去改变，只有马上行动起来，因为这件事只有你自己能做。你没有任何借口，只有你自己能找到出口。

既然 2013 年已经如约而至，既然地球没有毁灭，那就继续用力地活下去吧。

BGM：周杰伦《世界末日》

我始终相信努力奋斗的意义，
因为那是本质问题

⏮ ⏸ ⏭　◀ ━━━━━━━━━━━━━━━━━━━━━━━ ◀))

　　生活这东西，大多情况下都是守恒的。如果你不劳而获了什么东西，大抵在某个时刻会以别的形式还回去；如果你现在正在"下坡"，运气很差，下个转角或许就会"上坡"，潮落之后就会有潮起。更多时候，努力不仅仅是为了得到想要的，还是为了得到时可以心安理得：这就是我应得的，I deserve it。

一

在从北京回家的动车上，偶然听到邻座的姑娘边哭边打电话给家人，她说："妈，对不起，本来说好了赚了钱才回家的……"她整个人蜷在座位上，声音里满是压抑不住的哭声，"但是我尽力了，妈，我不后悔。"

她打完电话，不好意思地冲我笑笑。我只是在想，一个人要多难受，才会在动车这种公共场合压抑不住自己的难过。

联想起之前在网上看到的一篇文章，有人说他始终不相信努力奋斗的意义。然而，努力的意义，到底是什么呢？真的只是为了赚钱，或者是为了社会所认可的成功吗？

如果是这样，那我也不信。

我突然想起我日夜颠倒的死党——Tim 哥。

他是学设计的，我想认识我的人都知道他。某天晚上，他给我发来他给我做的封面设计，还没等我给评价，他就说："不行，我还得再改改。"其实，我觉得已经很不错了，让我这个傻子画一辈子都画不成那样，可他就是不满意。第二天中午，他把改好的设计方案给我看了看，然后他突然叹了口气。

"你说，我们这样日夜颠倒，忙得要死，到底是为了什么呢？"他问我。

那时，我还在写《你要去相信，没有到不了的明天》，想起里面的一句话，大意是：我们之所以漂泊来漂泊去，都是因为我们愿意。为了什么？其实我们都是为了自己。

就像那个跟我萍水相逢的姑娘打动我的那句话："但是我尽力了，妈，我不后悔。"

世上有很多事情很难做得完美，天赋决定了你的上限，你做不到那么好。但是，人一辈子要做很多事情，能够不后悔的人又能有多少？不知道为什么最近出现了很多文章说不相信努力的意义，然而这对于我来说似乎从来都不是问题。努力从来不等于成功，而成功也从来不是终极目标。那些终极的梦想，其实是很难实现的。但是，在你追逐梦想的时候，你会找到更好的自己——沉默努力、充实安静的自己，你会因为自己做的事情而觉得充实。

有人说，天赋决定了你的上限，努力决定了你的下限。但是，很多人根本就没有努力到可以拼搏天赋，就已经放弃了。

二

我始终相信努力奋斗的意义，因为那是本质问题。

我的朋友曾经问我："如果你的梦想始终没有实现，你会不会觉得很可怕？"

我对他说："没什么好可怕的。"

他看着我说："即使那些努力都没有回报？"

我觉得努力就是努力的回报，付出就是付出的回报，写作就是写作的回报，画画就是画画的回报，唱歌就是唱歌的回报。一如我的死党所说，虽然每次都觉得很累，但当看到自己作品的时候，心里的兴奋和激动没有任何一样别的东西能够代替得了。

如果你的努力能让你做自己喜欢的事情，那为什么要放弃努力呢？如果人能够做自己喜欢的事情，谁说这样不是一种回报呢？

这也是我这么多年漂泊他乡学到的东西，这里的人总是活得很潇洒，至少不那么在意别人的眼光。他们会在街道上大声歌唱，也会在道路上涂鸦，让人驻足。我相信，任何人，不管他的境地和条件如何，只要做自己喜欢做的事情，就一定是开心的。只要为了自己想做的事情努力，就一定会感到充实。相反，如果你的努力是为了你不想要的东西，那你自然而然地会感到憋屈和不开心，进而怀疑努力的意义。

如果你的努力不是为了自己喜欢的、自己想要的，那么请停下来问问自己是不是太急躁了。

三

曾经在山区里看到天真无邪的孩子们念书的情景，正如那些文章所说，这些孩子也许将来只能接过父母的活儿，在山区里继续他们艰苦的人生。然而，他们却比很多比他们家境好的人快乐许多，因为对于他们来说，念书就是念书的回报。也去过非洲，见过太多穷到无法想象的家庭、太多连活下去都成为问题的孩子，但我却见到了迄今为止最灿烂的笑容。

以前读过一句话："因为山在那里。"

你问登山的人为什么要登山？是因为山在那里，是因为他们无法言说的、难以满足的渴望。

为什么明知道梦想很难实现还是要去追逐？因为那是我们的渴望，因为我们不甘心，因为我们想让自己的生活能够多姿多彩，因为我们想给自己一个交代，因为我们想在老去之后可以对子孙说："你爷爷我曾经为了梦想义无反顾地努力过。"

就像我的好朋友说的，谁都想过洒脱的生活，想旅游、想买很多东西、想放空，没人喜欢一直累、一直奋斗，但不是说累了就能辞职，烦了就能不做，想逃避就甩手去旅行。人在能吃苦的时候多少都要选择吃苦、选择充实自己，把旅行当作你之前辛苦的奖励，而不是逃避。用心做好手头的事，这样你在放松的时候才能心安理得。

没什么，只是为了那份心安理得。

四

或许随着之后的无数次碰壁，我会对现在的自己嗤之以鼻，但至少现在还没到放弃的时候，还没到变成那个我的时候。选择是对是错无法预料，或许以后我会否定现在的想法，所以趁着现在还相信，就得赶快跑。

我常说，你是什么样的人，就会听到什么样的歌、看到什么样的文、写出什么样的字、遇到什么样的人。你能听到治愈的歌、看到温暖的文、写出倔强的文、遇到正好的人，你会相信"温暖""信念""梦想""坚持"这些看起来老掉牙的字眼，是因为你就是这样的人。

你相信梦想，梦想自然会相信你，千真万确。

然而，感情和梦想都是特冷暖自知的事，你想跟别人描述吧，还真不一定能描述得好，说不定你的一腔苦闷在别人眼里显得莫名其妙。喜欢人家的是你，又不是别人，别人再怎么出谋划策，最后做决定的还是你；你的梦想是你自己的，又不是别人的，可能在你眼里看起来意义重大，可在他们眼里却无聊得根本不值一提。

在很大一部分时间里，你能依靠的只有你自己。所以，管他的呢，管别人怎么看，做自己想做的，努力到坚持不下去为止。

我之所以这么努力，是不想在年华老去之后鄙视我自己，是因为我始终看得见自己。

因为我想给自己一个变厉害的机会，趁自己还年轻，因为我必须给自己一个交代。

因为我就是那么老掉牙的人，我相信梦想，我相信温暖，我相信理想。我相信我的选择不会错，我相信我的梦想不会错，我相信遗憾比失败更可怕。

当你追逐梦想时，这个"腹黑"的世界会制造出很多困难来阻挡你，现实也会"捆住"你的手脚，但其实这些都是不重要的，重要的是你自己有没有决心闭上眼睛，听听自己的内心，与昨天看到的日志不同。我始终相信努力奋斗的意义，因为未来的你，一定会感谢现在努力的你。

有人说越努力越幸运，那我用时间换天分。

☼

BGM：五月天《倔强》

有时候，你必须硬着头皮
朝着你坚持的东西走下去

◄◄　❚❚　►►|　◄)———————————————◄))

　　有人喜欢你，有人讨厌你；有人给你贴上标签，有人对你嗤之以鼻。以前碰到鄙夷一定会反驳，如今发现偏见远比想象的更根深蒂固。委屈自然有，难过或许也会有，不被理解更是常事。不要解释太多，言语无法改变任何人的看法。他人是爱、是恨都好，选择一种生活方式，按照你想要的方式把自己变成无可取代的样子。

一

前不久，收到学弟的微信，问我早上起不来床怎么办。我第一反应是想告诉他我当时起床的办法——定上十个间隔五分钟的闹钟，每个闹钟都用不同的铃声。而后发觉这样告诉他没什么用，闹钟归根结底只是提醒你时间的东西。

其实，如果真的想考研，你不会在早上起不来床，没有动力归根结底是因为你没那么想做那件事情。所以在早上起不来的时候，你要做的不是找 100 种让你起床的办法，而是想想究竟有多想考研这件事。

突然想起之前考研的日子，早起晚睡，除了吃饭、做题，就是做题、吃饭，每天再加上两集《老友记》。到现在还会觉得空气稀薄，仔细想想，这些年我半途而废过很多事情：钢琴练了没多久就放弃了，画画亦如是；学吉他是为了追女神，自然又没坚持多久；说好去看的演唱会也因故放弃。说来奇怪，对于大多数事情无法坚持的我，却也度过了空气无比稀薄的两个半月。

很多时候，我都觉得烦躁得难以继续，却又不得不佩服人的忍耐力。一旦投入，再"无趣"的事情都能找到坚持下去的理由。

二

之前在北京签售的时候，听朋友说起她的朋友——在家里工作了一年多，突然决定辞职，跑到首都变成了大龄北漂女青年。她带着自己的积蓄，准备做歌手。在北京，做歌手梦的人多如牛毛，出头的寥寥无几。机缘巧合，我们三个人一起去看了一场音乐剧：我朋友本应是音乐剧中的一员，碍于没有时间，只得放弃。

我们先到了后台，看着朋友和每个演员打招呼，看着每个人都认真地做最后的准备。演出开始时，我才发现观众席连同我们仨也就十个人。这部音乐剧已经连续演出了两个多星期，听说前两天人更少。我不知为何替他们尴尬，后来看到他们忘我又精彩的演出才暗自骂自己的想法是多么可耻，才发觉根本就没什么好尴尬的。有人看自然最好，没人看也会坚持到底，投身于演出的人，是根本不会想到有"尴尬"这个情绪在的。他们满脑子想的都是怎么表演才好，怎么说台词才有感染力。

当你投身于你的梦想时，你满脑子想的都是怎么做才是最好的，根本就没有时间去不安。

那天，我们聊起那个姑娘之后的生活，那个姑娘皱着眉头说以后的日子要苦了，要是什么都混不出来就这么回家才是真正的丢脸。但是，每次半夜想着自己曾经的梦想，就觉得不安，连饭都吃不下。

后来，签售的时候，她也来了。那时，我想到一句话：唯有梦想才配让你不安，唯有行动才能解除你所有的不安。

三

我的间隔年前不久结束了，与大多数人到处旅游不同，我的间隔年从头至尾都一样平淡。但我多少还是学到了一些东西，那就是我必须找到自己的活法。如果旅行对你有用，那就去旅行，但不要因为别人都去，你也去。

如果你觉得考研是真的想做的事，那就去考研，但不要仅仅因为听了别人的建议就走上这条道路。

任何一条路，但凡你想走得很远，就总会遇到很多困难。

我知道我们到了某个年纪，就必须选择一条路往前走。很多人都不知道应该怎么选择，老实说，在很长一段时间内，我也不知道该怎么选。所以，我能做的只是把身边的每件小事做好。后来，我突然发现或许我在表达故事、描述文字方面可以做好，并且自己也喜欢这件事情，于是就开始做这件事情。

任何一件事情，在你开始的那个时刻，是没办法预测未来会发生什么的。只要你还在往前走，就没办法知道前面等待你的到底是什么。你只有走过去回头看的时候，才能明白你走的是什么样的路。我也常吐槽或者怀疑，但后来我明白，代价是否换来了成果这种事情，只有走到最后的人才有资格去定义。

一件事的定义是什么，那是你自己下的。但是，在有能力对自己做的事情下定义之前，得保证自己有足够的力量去定义那些。

我最要好的两个死党，一个进了银行开始吐槽加班多、工资少，另一个开了工作室，刚起步什么单子都得接，导致他睡眠的时间急剧减少。他们都走向了自己的路，大步迈向自己选择的路。

我们必须硬着头皮朝着自己坚持的东西走下去，不管是上班、是开工作室，还是继续读书，我们都必须走下去，才能对得起自己的选择。想写书就好好读书、写稿，想考研就从做题、背单词开始，想旅行就从订车票、订机票开始。你无暇评判别人的生活，也不要让别人评判你。你有你的生活方式，上班也好，旅行也罢，别人看来是好是坏随便他们，你只需要把这条路走下去。

四

随便怎样都好，如今我又开始了学生生活。很多人问我为什么还选择回来，让之前的签售和演讲戛然而止。一方面，我觉得自己还不够强大，还需要在各方面充实自己；另一方面，我很想知道在经历了这么多之后，我比之前强大了多少。

前面说过，"说来奇怪，大多数事情无法坚持的我，在某些事情上却固执得很"，现在的写书和读书，就是某些事情。我半途而废过太多事情，所以在这些东西上，我要把之前所有的半途而废都弥补上。我偏偏天性是个喜欢用力生活的"矫情狗"，常说要么滚回家去，要么就拼。所以在向世界认输之前，我绝不放过任何挑战它的机会。

　　"人长大的标志就是试着听从自己内心的声音，而不去在乎外面的声音。"犹豫不决是我们最大的敌人，能看书就不要发呆，能睡觉就不要拖延，能吃饭就不要饿着，能亲吻就不要说话。能找到自己想做的事情就很不容易了，青春得浪费在美好的事物上。

　　而你必须习惯人来人往，有人不由分说地否定你，有人跟你同行，最终分道扬镳。很多年后，你回忆过去，一定会把很多都忘了，唯一能证明你存在过的只有你用力走过的路。

　　在这条路上，你注定会孤单一人，可必须走到底，才对得起经历过的磨难和挫折。当你下定决心无论如何都要坚持到坚持不下去为止时，才有资格任性。

　　Lose Yourself（《迷失自我》）这首歌是我永远舍不得换的，最后一句歌词献给所有在路上的人："You can do anything you set your mind to, man." [1]

☼

BGM: Eminem *Lose Yourself*

1　你可以做任何你想做的事，只要你想做。

有些作死拦不住，那就作到死。
死透了，也就甘心了

◀◀ ❚❚ ▶▶ ◀ ———————————————— ◀))

　　世上最难受的感觉就是不上不下被卡在当中，想做一件事又没办法把它做彻底。要么干脆不开始，转移自己的注意力；要么尽力去做，失败了也要把心死透。哪怕有些是作死，一旦开始就作到死，死透了才能真的放手。要么别作，要么死透，最忌讳的就是心痒痒又放不下。像没退路一般开始，像愿赌服输一般结束。

一

还是去年的事，某个周一，我去上海找小伙伴。

小伙伴带来一个学妹，说是她无论如何都要见我一面。学妹见到我，开口就是"叔"，吓得我直接把嚼到一半的牛排吞进了肚里。我赶紧摆摆手："我和你学长一样大，比你大不了多少，千万别叫我叔。"

学妹忽略了我，说："叔，你能帮我个忙吗？"我说："可以，但是别叫我叔……"

学妹忽略了我，说："叔，你能帮我签名吗？"我说："可以，但是别叫我叔……"

学妹忽略了我，说："叔，你能多写句话吗？"我说："可以，但是别叫我叔……"

学妹忽略了我，说："叔，用这支笔。"我："……"

那天，我摇身一变成了"浩叔"，学妹说这本书是给她前男友签的。她说她前男友很喜欢我的文字，就想让我签本书给他，让我帮忙写句话。我当时想问"你觉得你们能和好吗"，但学妹接下来的一句话让我彻底打消了这个念头。

后来也是机缘巧合，其实我也不知道是不是自己瞎对号入座。有个陌生人给我留言说收到了我的书，特别感谢我能给他签名。他说自己会找到那个人，也希望我一切都好。

那姑娘让我签的话是："愿你找到那个可以让你觉得温暖、可以陪你到世界尽头的人。"而那句让我打消开口念头的话是她的自言自语："虽然那个人不是我。"

我无从知道那个姑娘的名字，也不知道他们之间的故事。亲爱的陌生人，如果你看到了这个故事，请原谅我擅自把它写了下来，希望你们一切都好。

二

去年的圣诞节，我要考试，所以朋友的聚会我能推则推，直到……包子说了句他请我吃鸡排。

没办法，我就是这么有原则的人：食物在哪里，我就在哪里。

于是，我和包子还有一众小伙伴在咖啡厅里见了面。我一边啃着鸡排，一边喝着红牛，对自己说豁出去了，大不了熬个通宵。我正"吧唧吧唧"地吃着，身边的声音突然尖锐起来。当时，我沉浸在食物中，不知道事情的起因，等我咽下最后一口鸡排，才发现我们这群小伙伴里的一对情侣在吵架。

本来只是很小的口角，到最后却越吵越激烈。姑娘是暴脾气，桌子都差点儿被她掀了。她说："你走不走？！你不走我走！"男的撇撇嘴，拿起包转身就走，把门用力一摔扬长而去。

作为这次聚会的发起者，包子过意不去，站起来就想去追。姑娘镇定地对包子说："让他走。"这句话的重量愣是让这个 80 公斤的小胖子没敢再迈出腿。

接着，她一口气点了三份意面、三杯橙汁，胡吃海喝起来，把我们几个看得目瞪口呆。我们想劝，但谁都劝不住。也不知道她吃了多久，突然间，她停了下来，冲到洗手间干呕，接着痛哭失声，整个咖啡厅都能听到她的声音。

包子说："算了，随她去，难受着难受着就没事了，哭着哭着就好了，你们想想我失恋的时候。"

三

包子失恋后，一个人跑了很多地方，收集各种明信片，匿名寄给他前女友——真是一个恶俗又清新的桥段，直到后来我们知道那些明信片一张都没有寄到。

我们几个有一次问："要是你们之前约好要去国外，那你也去？"包子点头说："去。"

我说："你怎么这么执迷不悟？"

包子说："我就是执迷不悟怎么了？有些死现在不作，就再也没机会作了。"

我无言以对，觉得包子居然变成了哲学家。

我出第二本书的时候，我的好朋友也出了他的第一本书，他在扉页上面写"致××"。这是他一直以来的志愿，也是他作的最大的一次死。

因为这件事，他和编辑吵过，因为编辑觉得不能加这句话，而他与女朋友在他写书的时候就分手了。那之后，我问他是什么感觉。他摇摇头说觉得没什么实感。那时，我正在帮他填快递单，他曾经说过出书之后要送十本给她。就当我写好快递单准备把书装进去的时候，他突然间说了句"算了"，然后把快递单撕了。他说以前他老觉得自己写书这件事是为她做的，现在才明白，打从一开始他做这件事，就是为了自己。

有些事情，你会去做。当时，你以为是为了对方、为了和好，但后来你发现，你是为了给自己的那段感情画个句号。否则，你永远逃不出来，你永远放不下。所以，我明白了那些在我看来无法理解的事、在那些外人看来永远觉得傻的付出，不是为了别的，是为了过自己那关。

四

在没明白一些事之前，人总是作得一手好死。明明知道对她好没用，还是做这些；明明知道糟蹋自己不对，还是喝醉；明知道哭是最没用的事，还是哭；明知道看以前的东西会难过，还是手贱；明明平时自尊心比谁都强，还是要低声下气。

喝多了还是拨那个电话号码，说一大堆掏心掏肺的话；听一句话都能拐十八个弯想到他，一首歌都能把你戳得浑身疼。你舍弃自尊，你伤害自己，总以为能换来一些。其实你知道，真不喜欢你的人，你再怎么作死，也没办法把他拉回来。最后，事实给了你一巴掌，对你说："你怎么这么愚蠢？"

失恋的理由有无数种，爱的那个人都是失魂落魄。不甘心成为主旋律——"我哪里不好""我做错了什么""凭什么说忘就能忘"，心里想的、嘴上问的大多如此。所以在甘心之前，他们会用作死来衡量自己的极限。做那些旁人看起来无比扯淡的事，想拦都拦不住。对于他们来说，不做完这些事，就没办法死心。

哭，总会哭够的。不厌其烦地对她好，又不出意料地每次失望。这种失望，总会有一天让你自己都觉得不能再这么下去了。哭过了、疯过了，就好了。糟蹋了，自尊都没了，也就没办法更糟了。有些作死拦不住，作着作着就发现自己早就死透了，死透了就甘心了，甘心了就放下了，也就能给这个故事画个句点了。

如今失恋，都不像从前了。因为都傻过，都作死过，都明白聚散是平常事，强求不来。每个人都变得比以前成熟，都知道，对未来的自己，也是对未来可能遇到的人最好的礼物，就是变得更坚强、更懂得珍惜。作死作完了，能对曾经的自己说声"再见"了，你就该重新起程，为了接下来路上会遇到的人，更为了你自己。

都知道，有些事情，你要有心让它过去，它总会过去的。

把往事下酒，把青春写成歌，把故事放到前一页，偶尔回头翻一翻，你还有接下来的许多页要去写。干了这碗酒，唱了这首歌，继续向前走。

☽

BGM：蔡健雅《红色高跟鞋》

路还长，
天总会亮

⏮ ⏸ ⏭   ◁—————————————————————————— ◁))

　　嘿，那成长的路上，你会遇到下雨天，会被雨淋；你会得到一些，然后失去；你会追寻梦想，然后跌倒。路总是曲曲折折，我很想帮你一起走，可没办法，我们都只能把属于自己的歪路走完。累的时候，回头看看，我们都在这里陪着你，为你把身后的路点亮，让你回头时能看到我们。我想这就是身为朋友能做的。

在说这个故事之前，我需要先深吸一口气。

韩大丹和她的前男友是在网上认识的，他们同校，但在不同校区。两个人开始有一搭没一搭地聊天，也就慢慢有了好感。2010年底，这两个聊了两年的人才第一次见面，顺理成章地在一起了。

只是这一年的韩大丹，已经在墨尔本开始第三年的生活。而她的前男友，她叫他鱼先生，当时也即将去法国。在一起才十天，鱼先生就回了法国。

那时，韩大丹一脸甜蜜地向我们透露她恋爱的消息。我们还开玩笑打赌说，两个月之内肯定分手。后来，韩大丹说，如果真的两个月就分手了，或许就没有后来的那些事情了。

大丹是一个特别招人喜欢的姑娘，性格也讨喜，追她的人虽然没有多到那么夸张，但也没怎么断过。她之前谈过两次恋爱，但都没什么感觉，就是觉得对方对她挺好的就在一起了。我们认识已经很久了，小伙伴们一致认为大丹在恋爱上就是少根筋。

谁也没想到，这个以前对恋爱从来不上心的姑娘，一下子就陷了进去。

我常认为，或许世上每件事情都是守恒的，你无故获得的一些东西，到了某个时刻就会还回去。而你失去的那些，也不一定就是真的失去了，或许会以别的形式回归。出来混总是要还的，做事情是这样，感情有时候也是。所有别人对她的好，她一下子都还给了她的鱼先生。

那阵子，她老给她的前男友写信，即便现在已是高科技时代了，即便他们的距离必须翻山越岭。每次回家时，她都会去信箱查看有没有回信。每次写信的时候，她都会一笔一画，写得很认真。他们总是电话不断，就连我去她家找她玩，她的电话也不会挂断。有关这一点，我们到后来都习惯性忽略，连吐槽的欲望都没有了。

那时候，他们连睡觉的时候，Skype 都开着。

对于那时深陷其中无法自拔的韩大丹来说，别人反对、不看好什么的都无所谓。人一旦开始依赖一个人，就会渐渐失去自己的重心。如果你赌对了人，那么恭喜你，你可以轻松地过接下来的日子。但相应的风险就是，那个人一旦离开，你就可能会失去自我。

都说恋爱的人是盲目的，对于一个刚陷入爱河、以前没有受过伤的人更是如此。她觉得只要他在身边，再辛苦、再困难她都能坚持下去，再多问题她都可以忽略，因为喜欢。

那时，他们有说不完的话，在一起很开心，就连见到我们的时候，他们都是笑着的，大丹三句话不离她的鱼先生。那时候，鱼先生去西班牙巴塞罗那做交换生，大丹愣是每天吃泡面、不买化妆品省下了一笔钱，去欧洲和她的前男友生活了一个多月。他们去了很多地方，去了很多国家。那时候，她说："我特别喜欢两个人在一起不说话也不会尴尬的状态，太棒了。"

她想以后就是这个人了，所以在未来的蓝图里，她都把鱼先生加了进去。那时候，她想的都是以后不管是在美国、在澳大利亚、在中国，还是

在哪里，她都无所谓。只要他在，她就会在。因为对于她来说，有他在的
地方才是家，因为那里有她爱的人。

接下来的剧情，急转直下。

去年6月暑假，鱼先生本来说好来澳大利亚看大丹，因为他们说好一
人一次，这次她去他那里，下次他来她这里。但由于种种原因，她的前男
友一直没来，大丹二话没说考完试就飞回了南京去找他。之前两个人有点
儿小摩擦的时候，就会见一面，所有的问题只要随着见面就能自动忽略。
谁都不去正视那些问题，总以为问题就会随着时间消失。

那时候，大丹见了他的父母，她也带他回家见了她的爷爷奶奶。那时，
她觉得一切都顺理成章，可谁知道后来两个人之间的矛盾越来越多，而且
是因为越来越小的事。后来，因为小事都能吵起来。我自然无从知道他们
俩吵架的具体原因是什么，但后来有一次吵架，大丹在气头上推了鱼先生
一下。一个大男人被女人推一下其实没什么，女人的力气能有多大？但她
的前男友反手就给了她一巴掌。

我们知道这件事情的时候，都想抄家伙立马把她所谓的"鱼先生"痛
打一顿再说。打女人还是男人吗？可大丹一直说"没关系没关系"，我们
也就再没说什么了。

那天，被打了一巴掌之后的大丹瞬间耳鸣了，听不见了。她说现在回
想起来还觉得后怕，因为她想不到一个自己付出了那么多的人，会这么用
力地扇她巴掌。这个时候的大丹已经是完全失去自我的状态，如果是平时

的她，她一定会转身就走，这样的男人还要他做什么？可是，习惯和回忆淹没了她，她做了一件特别没自尊的事：跪下来求他别走。

请允许我再深吸一口气，来阻止我骂娘的冲动。

无论如何都不能一次次降低自己的底线，对梦想、对爱情都不行。一旦降低了原本你视为原则性的底线，你会发现能放弃另外一些东西，以后就会放弃更多。可怕的不是失去了那个人，而是背叛了自己。这如同慢性毒药，有些东西在你第二、第三次降低自己底线的时候，就已经彻底改变了。

后来，鱼先生陪大丹去鼓楼医院看急诊。医生说可能是耳膜穿孔，但是也不确定。大丹没管，那时就觉得只要他不离开就好。过了两天，她还是听不见，就自己又去医院做耳内镜。那时，她才知道真的是耳膜穿孔，就是被打的。

她那时根本不敢和家里人说，还一个劲儿地安慰自己，对自己说没什么。发生打架事件后的几天，也就是大丹要离开南京的那几天，他一直和她在一起。直到最后一个晚上，他没有陪她，而是陪朋友出去喝酒了。她一个人收拾完箱子，等着他回来。

你大概也这么等过一个人，你不知道他会不会回来。随着时间的推移，你觉得希望越来越渺茫，可你又不愿意放弃希望。

有人说等待像是在机场等一艘船，其实最折磨人的等待不是你在机场等一艘船，因为你终究会知道你永远等不到；也不是在餐厅排队等号准备点餐，因为你知道这只是时间问题。最折磨人、最无奈的等待莫过于你断不了念想，却又不确定它能否发生。就像是每次你燃起了希望，却又被雨水浇灭；总是给你一点儿阳光让你忘记带伞，却又给你倾盆大雨。

我不知道大丹被大雨淋了多少次。

后来，他还是对她说了分手。大丹其实到现在也没明白，既然要分开，为什么最后那几天还要陪着她。可能他只是怕麻烦，可能他只是在等大丹走。他提分手时，大丹已经回澳大利亚了，距离远了也就远了。

分手以后，她天天魂不守舍。不习惯自己一个人，就想去找他，可每次他都是爱搭不理，很冷淡。她身边也开始出现别的男生，她觉得自己该走出来了。可是和他们在一起的时候，就是没有和她的前任在一起的那种感觉。大概过了三个月，大丹知道她的前任有了新女友。

我无法形容她那时的情况。我也是到今天才知道，大丹那阵子白天上课的时候都没事，上课、上班都和朋友在一起，开开心心的。可晚上一到睡觉前，以前的回忆就全部冒出来了。然后，她就一个人躲在房间里哭。天天如此，一直哭，哭累了就睡觉，一直处于自暴自弃的状态。

揪心的故事，到这里终于要完了。

我不是她，我无法知道她那阵子是怎么走出来的。

每个人都得犯个傻、作个死、纠个结、自个卑，才能明白所有大道理都没用，轮到自己时就会一股脑儿地扔在身后。但你也会在犯个傻、作个死、纠个结、自个卑，做了无数蠢事之后，踏着曾经犯的傻前行，就像曾经作过的死都变成了你人生的红绿灯。这时，你回头看，曾经的作死也不再面目可憎，而以后再碰到红绿灯，你都不会害怕了。

感情里最忌讳的，大概就是一味迎合。踮起脚尖去爱一个人，总有一天会累的。无论如何，都不能在感情里失去自我。一个连自我都失去的人，别人又来爱你什么呢？越是想走得远、走到终点，就越要保持自己。两个人在一起，最重要的是互相吸引。你得保证自己身上有他喜欢的东西，千万不能把那些东西丢了。

取悦他人永远比不上取悦你自己。

如今的大丹已经彻底走出来了，讲起这些往事的时候就像在讲别人的故事。我突然想到她那阵子对我说的，她最感谢的就是身边的朋友在她最坏、最差劲儿、心情最低落的时候始终没有抛弃她，在她的身边陪伴她一起度过。

那时，她说过一句话："如果我玩得太疯、走得太远了，你们记得叫我一声，别让我找不到回家的路。"

如果你有一天觉得世界末日到了，觉得天塌了，请记得你身后一定有朋友、家人还在等着你。再黑的天也总会亮，再难过的故事也总有到头的那天。往后的日子，你终究会明白，一个人总要时不时地拉自己一把。下雨了就撑伞，天黑了就开灯，找不到回家的路的时候，回头看看。

我们都在这里等着你。

☽

BGM：逃跑计划《夜空中最亮的星》

天生笨拙，
就用坚定去补

⏮ ⏸ ⏭   ◀)━━━━━━━━━━━━━━━━━━━━━━━━◀))

　　不管什么东西，只要是不劳而获的，我都觉得不真实，随时都有失去的可能。倘若我侥幸获得一些什么，我就会拼命让自己去配上自己所得到的。大概我天性笨拙，所以才会如此。即使知道有些不必要，但依旧去做。

2012 年传言中世界末日之后的一天，老陈在微信里对我说，其实，我们蛮幸运的，没有遇到什么天灾人祸，也没遇到什么太坏的"人渣"，一路遇到的人都挺善良的。回头想想很多时候都觉得后怕，但也顺利地过到了现在。

我说："前两天，你不还非常期待世界末日吗？"

老陈哈哈大笑，说："那可不，是真的也好，至少大家都一起面对。不过幸好是假的，不然肯定觉得可惜。还有那么多美食没吃成，怎么可以就这么挂了？"

转眼就到了 2014 年，我却始终记得老陈的那句话：其实，我们蛮幸运的。因为幸运，我们还能有时间去考虑梦想和感情。

所以，我绝对不能把这份幸运浪费掉。

很多人都问我，要怎样才能变成自己想要的样子？一辈子到底什么才是最重要的？老实说，我不知道，因为不知道自己想要的还会发生什么变化，也不知道一辈子接下来还会发生什么。只要还有明天，就会有迷茫和不确定。我永远不知道明天会发生什么，今天做的一些事情，可能要到很久以后才会发现它的意义。

如果说我们真的能做什么的话，也就只有把自己选择的道路贯彻到底了吧。

忘了是哪一年，我在机场买了一本书。书里有一段话我记忆犹新，大意是说作者每次坐飞机的时候，很少会去调整座椅靠背，哪怕她前面的人把座椅靠得很后。每次实在难受或者没办法必须把座位调后的时候，她心里都一阵纠结，总觉得自己侵占了身后的人的私人空间。

书的名字我已经忘记了，不知道你们有没有人知道，我对这段话却一直记得。之前，我觉得活得这么别扭的人，大概只有我一个了，没想到居然在书里找到了和我一样的人——像我如此笨拙地活着的人。

那时候，我突然觉得，笨拙的人一定也能找到属于自己的活法。或许正是因为笨拙，所以才能真的坚持一些东西。

从一开始我就知道，我就是如此笨拙的人。小时候就不会说好话去得到自己想要的玩具，明明知道该怎么说，可就是觉得别扭。大了些又庆幸超市是个无比伟大的发明，你不需要和太多人打交道就能买到自己想要的东西。

我的大学时代，是在两点一线和偶尔的旅游中度过的。在朋友开始为未来积攒人脉的时候，我始终觉得只有把自己变成有内容的人，才能有那样的朋友圈。在大多数人忙着结婚、开始相亲的时候，我依旧觉得没有到将就的时候。大多数时候，我看着身边的朋友慢慢安定下来，也会想自己到底在坚持什么。老实说，我也不知道自己的执拗是从哪里来的，大概是因为只有这样我才能感受到自己吧。

能自己做的事情，就尽量不去麻烦别人。也不是因为难为情，而是觉得每个人都有自己烦心的事，能少给别人点儿负担就少给点儿。绕了很多路，也学不会取巧。我从来不觉得这是好事，事实上在某些场合，我已经可以权衡利弊地做一些事情，但到了自己的生活中，我依旧是那个学不会取巧的、笨拙的自己。

我自然也没有什么厉害的天赋，很多东西只有自己明白是通过什么样的积累才走到现在的。很多人不需要太多准备就可以有神来之笔，对于我来说，即使是偶尔出现的神来之笔，也经过了无比漫长的积累。

什么事情只求心安理得，从来不奢求更多的东西。

爱一个人的时候，常常不知道怎么表达自己。有时想制造浪漫又笨拙得不得要领，还希望不会给对方造成负担。想学吉他却总是学不会，想画画却发现怎么也画不好。到后来我才明白，这就是我的一部分。笨拙也好，聪明也罢，我想我就是这样了。

我想，如今自己做得最好的一点，就是坦然地接受了所有的缺点和笨拙。那天凌晨，我一个人走在墨尔本的街道上，看着城市慢慢随着我的脚步移动，我才明白自己的笨拙给我带来了很多东西。就是因为深知自己笨拙，我才开始不再逃避很多东西，开始面对，开始不再寻求所谓的"捷径"。

说不定世界上只有两种人才能走到终点：一种是才华横溢的人，你可以一下子看到他们的天赋和过人之处，他们永远"闪闪发光"，不知疲倦；另一种就是笨拙的人，他们的才华你很难看出来，或许大多数时候你都没办法发现他们，但他们走得比谁都踏实。

这样的人，深知疲惫和残酷是什么，所以才能走得沉稳，才能明白地找到自己的活法，才不会跑到不属于自己的地方去。

刚开始的时候，我几乎每天都会有那么一阵子怀疑自己，想把现在坚持的扔掉。但我又深知如果把那些东西扔掉，我就找不到自己的活法了。人最清醒的地方或许就是认识到自己的局限性，然后学会面对。

也有很多时刻，我都会想"老子放弃了""我不等了，将就就将就呗"。总有些时刻我不再相信了，可在心底我又会有所追寻，又豁出去去等待、去努力。或许这也是笨拙的表现，不够聪明到能很快地做到一些事，又不够有决心到把一些东西放弃。

我不知道自己听了多少次歌、熬了多少次夜才换回来坚定的自己。那些看起来坚定不回头的人，你不知道他们暗地里下了多少决心。不过这样也好，既然天生笨拙，那就把自己能做的做好。既然现在还是那么笨拙，那也就只能把现在走的路走到底，因为我也没有余力去走别的路了。

这些年越发明白一件事，那就是没有人应该对你好。大多数时候，我们只能靠自己，孤独这种东西比什么都黏得紧，你很难摆脱它。而大多数烦恼，越发无法倾诉，很多时候都难以开口。了解你生活的人越来越少，大多数人都只能看到你在人前的样子，少有人看到你在人后的样子。

我常常觉得，人到了某个阶段，上帝就开始给你的生活做减法。他说："小伙子，你之前的生活拥有得太多了。为了平衡，我现在要把那些东西从你身边拿走啦。"

我说："那你就拿走吧，但总有些东西，是你也拿不走的。"

见了太多糟糕的事情，倒觉得一切都会好的；有了太多糟糕的情绪，反而知道怎么应对；了解了自己的缺陷，反而知道什么才适合自己。

就抱着这么笨拙的想法走下去吧。

如今，我依旧偶尔会抱怨为什么自己没有天赋，或者因为别人能轻易做到自己做不到的事而心里不平衡。从某种角度上来讲，这完全没办法。现在的我倒觉得这样也好，世上或许有人能一步登天，但那个人不是我。自己一点儿一点儿抓住的东西，比什么都来得真实。用时间换天分，用坚持换机遇，我走得很慢，但绝对不停滞。

我感激所有让我找到动力前行的东西，是这些支撑着笨拙的我走到了现在。不想讨好所有人，因为那是我不可能完成的任务。我有我要去的地方，我深知那是哪里，谁都不能动摇我；我有我要走的路，我深知那里崎岖、布满荆棘，但我依旧要走。

因为我明白，像我这样笨拙的人，如果今天不用力走，明天就得用跑的了。

因为我明白，既然我天生笨拙，那就用坚定去补。

○

BGM：南征北战《我的天空》

越早了解孤独不可避免越好

当生活开始给你身边的东西做减法时，孤独就会变成无法避免的东西。你只能明白孤独是你与生俱来的东西，它不可避免，越是逃避，感觉只会越糟。那就去接受它，习惯你的孤独，在独处的时候用各种你喜欢的方式充实自己。最终孤独给你带来的，或许远比它让你失去的多。

一

有时候会刻意地回避一些能勾起回忆的东西，是因为怕"听到"之前的自己。就像是到了某个阶段，你再也不去翻以前的照片和状态了。你告诉自己那是曾经的自己，而曾经的自己就是个傻子，回头看都觉得不忍心看下去。

人大概就是在不断否定过去的自己中成长起来的。

的确。

然而，你心中有另外一种声音，告诉你把过去的自己提到垃圾桶里的原因是：你害怕面对曾经的自己。你怕当你看到曾经的自己时，会产生巨大的失落感。

就像无论你把多少小情绪归为矫情，把曾经的梦想当作无知，把曾经爱上别人当成眼瞎，你都无法否认，有些错误无法避免，有些东西应该保留下来。就像是手机里的歌曲，这么多年了，居然一点儿变化也没有。也难怪，你能指望它们产生什么样的变化？可是，当你看到唱这些歌的人这么多年来依旧站在舞台上，当你看到昔日的好友这么多年依旧在向前走着，你的心还是揪了起来。曾经你们是肩并肩走的行人，曾经你还会去看一些电影、一些书，而现在的你，大概在某个时刻，已经死了。

之后，你便开始重复你的人生，日复一日，年复一年。

不要否定任何时期的自己，只要在那个时期你没有虚度。

二

愿上苍保佑有梦想的人。

尽管我不知道神是不是真的存在，或许即使神真的存在，他也无法保佑这么多人。他必须公平，管你有没有梦想，你都得生活在这世上，接受你不愿意接受的东西，了解你不曾了解的事实。

所以，我格外佩服有梦想的人。小时候有梦想，是因为天真地以为它们都会实现。那时觉得这就像我们终究会长大，是一件格外自然的事情。那时候勇敢，是因为无知。而当一个人成长以后，在了解了世界不是由鲜花和掌声构成的之后，还能坚持自己的梦想，这种坚持源于"勇气"的支撑。

我已经很久没有听曾经听的歌了，不管是《灌篮高手》主题曲，还是五月天的歌，又或者是周杰伦的歌。我也很久没有看《老友记》和《灌篮高手》了，在《数码宝贝》出到第四部之后，我再也没有关注过它。

有段时间，我觉得自己不再喜欢这些东西了，对自己说这就是成长。

但就像之前说的那样，我还是没办法把某些东西割舍下。就像是存在硬盘里的《老友记》，第一季已经是二十年前的东西了，我已经能说出下句台词是什么，却依旧看不厌。

而我常说的那些歌，偶尔听到的时候，就像是见到许久不见的老朋友一样。

我过得很热血，而且是莫名的热血，回想以前喊口号时的样子都会觉得一阵好笑。还好也算是走到现在了，不然会被以前的自己笑话死。后来，我发现我热血是有原因的，因为我是看着《灌篮高手》、听励志的歌、看着 NBA、听着阿姆的歌长大的。有时候又觉得如果我不热血，肯定不会喜欢这些。

所以还好，没成长成自己讨厌的样子。

三

我已经一个人住了六年，换了很多地方。越发觉得自己像生活在月球，出于某种奇怪的孤独感，我身边的空气接近稀薄。

一个人住得太久的副作用，就是变得越来越自我。有时甚至觉得自己是自己的旁观者，看着自己忙里忙外又一副淡定的模样，觉得没什么难得倒自己。偶尔想来这或许也不算副作用，尽管我被迫过起了一个人的生活，可以自我安排的时间却也不可避免地多了起来。

今天，我突然间想通了一些东西，那种你听到你喜欢的歌、看到看过的电影、去看喜欢的歌手的演唱会时浮现出来的节奏，不是其他，是你自身的东西。那是曾经的你，在破旧的音像店里找到喜欢的 CD 的那个你，给喜欢的女生送字条居然还会脸红的那个你，信誓旦旦地说要去实现梦想的那个你。

那些东西，并不是就这么消失了，而是变成了某种音符、某种节奏藏在你的灵魂里。当你失落到无以复加时，当你孤身一人时，当你出现自我怀疑时，它就会适时地跑出来。它就是出现得这么巧，因为那恰恰是你拯救自我的东西。

四

能拯救自己的终归只有自己而已，所谓的"时间能拯救的"，也只有那些决心去改变的人。

如果不是因为内心还残留着一丁点儿微不足道的希望，你是不会听那些歌、看那些东西的，你会无法和那些东西产生共鸣，甚至会产生厌恶感。而让你感受到这些的，终归是你自己。然而在成长的过程中，因为时间过得太快，你的身心被迫跟上时，有些东西就被你遗忘了。就像你长途旅行下了飞机之后的残存飞行感，大概就是你走得太快，而你的大脑还没有跟上。

所以，这时候能出现在你生活里支撑你的东西就显得格外重要。想起我在刚开始一个人住的三年里，我睡前总是看一集《老友记》、一集《灌篮高手》，到如今我已经不记得看了多少遍。我的手机里放满了五月天、阿姆、Maroon 5 的歌，我已经不记得听了多少遍。那时，自己多少有些依赖，所以到现在我都无法向别人解释，为什么无论何时看到《老友记》的那张海报，我都会无法抑制地激动。

你终究是要面对孤独的，不管你愿不愿意，而你越早接受孤独是无可避免的，就能越早开始自己的生活。有人一辈子都在逃离孤独、逃离无聊，把很多东西割舍下，乐得自在；有人瞬间就过了"瓶颈"期，无比迅速地接受现在的生活，并用他们的才能"闪闪发光"地改变了世界。而我不是前者，也不是后者，我不聪明，也不愿割舍，所以我用了很长时间。

面对生活还坚持梦想，需要很大的勇气。这种勇气有时难以形成，然而一旦形成，再难也能看到坚持下去的希望。生活节奏也是如此，有时你无法找到自己的生活节奏，就被拖入现实的洪流里随波逐流，而一旦找到自己的节奏，便难以改变。

这种勇气和节奏，需要极大的孤独来支撑。尽管生而为人就是需要另一半的温暖的，然而在那之前，你必须自成一个世界，因为没有人能时时刻刻在你身边，即使是你的另一半。互相取暖这种东西，说起来，得双方都具有温度才行，凭什么要别人来温暖冷到极点的你？

所以，我希望你能经受住漫长的孤独，不要害怕孤独，不要害怕面对以前的自己。承认之前的错误，但不要用过去牵扯你的未来。世界不是由鲜花和阳光组成的，但也没有你想的那么糟。听听曾经感动你的歌，看看身边始终坚持的人，从中汲取一点儿力量，慢慢地把它变成你的力量。

在清晨的地铁上，在黄昏的菜市场，在凌晨时分，你或许在焦虑、在头疼、在熬夜，但总有某种时刻你能突然间听到自己的节奏。而那时，你便知道，这些孤独的日子到底让你成长了多少。

依旧偶尔想起以前做的傻事，竟连细节都历历在目。回忆是神奇的东西，你不知道什么时候什么回忆会涌上心头。回忆从来不是件坏事，就像我想起之后还会笑之前真傻。可谁又能从没傻过呢？

所以，亲爱的朋友，愿你不再害怕孤独，不再害怕面对之前的自己，不再急于寻求外来的安全感，而能从自我找到安定的力量，找到坚持下去的勇气，找到属于你自己的节奏。那是你自己的力量，足以在你的黑夜里代替太阳。

○

BGM: Coldplay *Every Teardrop Is A Waterfall*

愿 有 人 陪 你 颠 沛 流 离

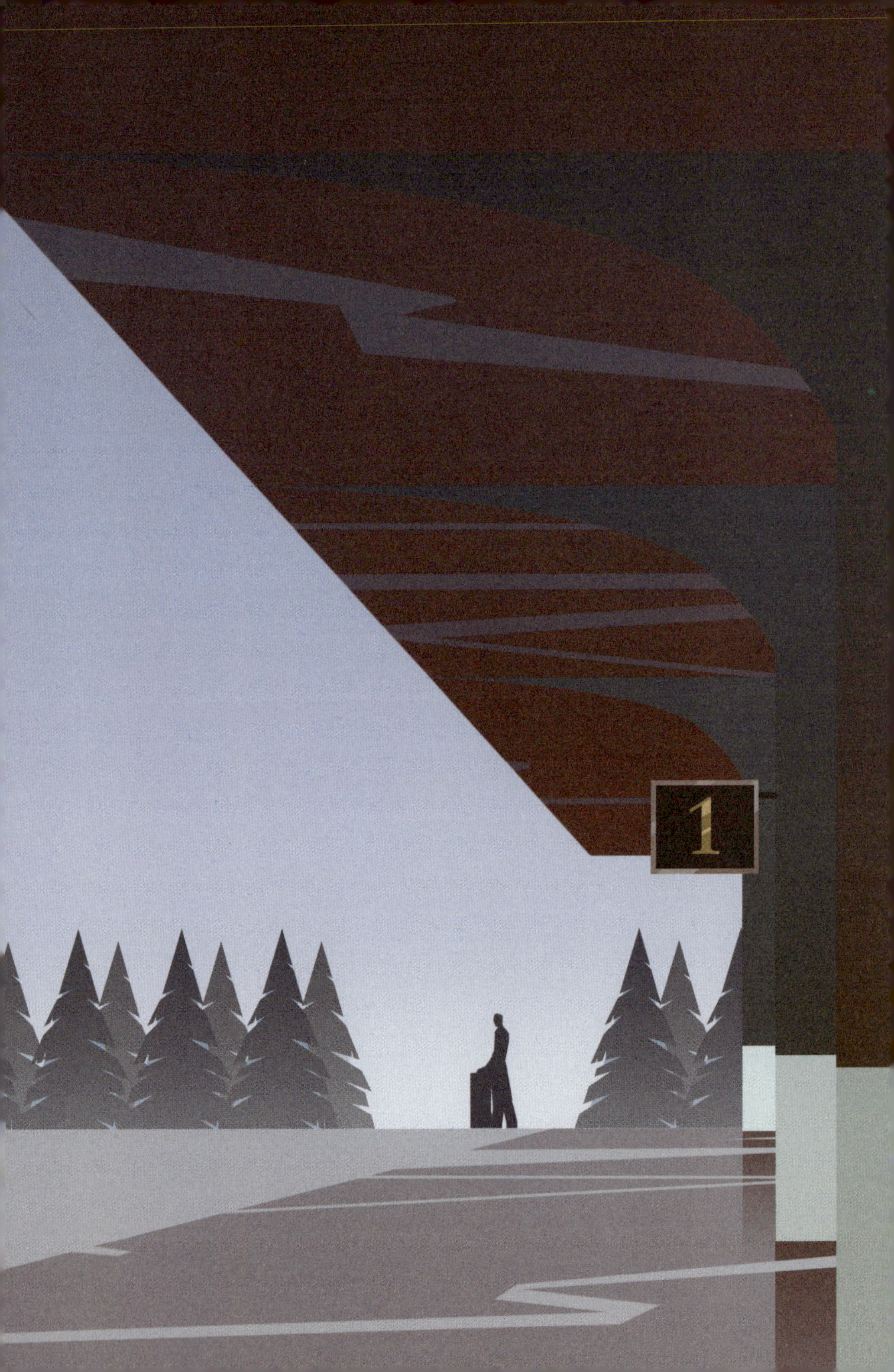
1

关 于 爱

about love

◉ 卢 思 浩 说 ◉

你会渐渐发现，"有话聊"是两个人在一起的基本标准。这世上没有谁有义务去等谁，维系一段关系或者感情从来都是两个人的事。保持必要的关心，保持前行，为了相似的目标共同努力，两个人才能保持在同一个频率上。说话总是要解释半天，或者根本说不到一起去，多烦心！能聊得来真的太重要了。

先找到自己的频率，才能找到跟你频率相同的人；首先变成自己不讨厌的样子，再去遇到一个无须取悦的人。

离开前请叫醒我

⏮ ⏸ ⏭   🔈━━━━━━━━━━━━━━━━━━━━━━🔈

你从来都知道有些事情是很难一下子忘记的，你总得需要时间去消化。回忆不见得一定要让它消失才算是好事，最好的做法或许是把回忆放到恰当的位置。要把回忆放到恰当的位置，就要去正视你的回忆。

　　2011 年，哥们儿失恋了。现在回头想自然不是大事，但对当时的他来讲就是天塌了。陪他去喝酒，哥们儿二话没说点了盘花生，拿着二锅头就往嘴里灌，拦也拦不住。我对他说："哥们儿，你这样不值当，都分手了，你这么折腾自己也不能挽回什么。"他灌得有点儿猛，边拿着纸擦嘴边回话："你懂个屁！"我当时忍着好心被当成驴肝肺的心情，硬是没有还嘴。

　　结果，那个夏天我也失恋了。

　　没想到这次喝成傻子的人是我，哥们儿用幸灾乐祸的眼神告诉我："小样，这回轮到你了吧。"老蒋在一旁劝我们俩，哥们儿拍拍我的肩膀说："小子，你明白那天我说'你懂个屁'时的心情了吧？"我二话没说跟他击掌，什么天涯何处无芳草、什么为了她何必呢、什么还有更好的之类的话根本就没有用，轮到你的时候，你就明白什么叫"曾经住在你生命里的人，现在不见了"的重压。

　　毫无意外地，好几个晚上我们都喝傻了。这也难怪，我们玩骰子不管是赢还是输都会自喝一杯。老蒋每次都在，看到我们喝也不再开口劝，躺在沙发上自顾自地玩手机。只是每次当我们两个人神志不清的时候，他都及时制止我们，把我们安顿好，尽管好几次我醒过来的时候都发现自己睡在了地板上。

　　我醒过来时，老蒋一脸邪恶地看着我们俩，说拍了我们的裸照，赶快请他吃顿豪华自助餐，然后才开始他的长篇大论。他一脸正色地说："真是奇了怪了，人就是贱。在一起的时候也不好好珍惜，分开了又一副傻样。老卢，我也不说你什么了。老马就说说你，也真是奇了怪了，平时你这么铁血真汉子，怎么一碰到感情就跟变了个人似的？"

　　每次他劝我们时，我都会踹他一脚，一副"没谈过恋爱的小子懂个屁"的神情，但有关老马的那部分，老蒋说的是真的。在我们还不知道打架为何物的年代里，他已经把打架当成家常便饭了；在我们出国的第一年，有一次在车上被黑人扔了个鸡蛋，我和老蒋无奈地看看他们，只能自认晦气，准备照常往前开，老马二话没说直接在路边停了车，开了车门抢起拳头直奔向那两个黑人。要说他的身体素质还真不是盖的，一下子还真让那俩黑人一时没回过神来。这下连我这个弱鸡都突然变得热血沸腾了。

　　结果，当然是我们都挂了彩。到家里，他来了一句："黑人真是强壮，下次应该打完第一下……然后就跑。"

　　就是这么一个人，谈恋爱的时候完全变了个样。他和他的女朋友也算是青梅竹马，初中认识，高中在一起。只是，在感情里强势的人永远是他的女友。每次我们吵闹一时拗不过他的时候，我们都会搬出我们当时的大嫂，这招就跟对小孩子说"再不乖警察叔叔就把你关起来"一样有效。他们也常腻歪得让我觉得很恶心，让我鸡皮疙瘩掉满地。拍合照的表情自不必说，每次分开都要 kiss goodbye（吻别），实在让哥儿几个无法接受。高中毕业后，他们就互相见了家长，然后一起出国，同居了两年。他的胃已经适应了他女人的手艺，他的身上已经有了他女人的味道。用他自己的话来讲，他从来没想过自己未来的结婚对象不是她。

当时，我们都觉得他们会腻歪得让我们恶心一辈子，结果他们分手了。我们当然为他惋惜，也问过他失恋的原因。他说他也问过原因，只是他媳妇支吾了半天，没说出个所以然来。我以为按他的脾气肯定会闹到天翻地覆，结果他点点头漠然地答应了分手。

当我们听说他们分手的过程时，异口同声地爆了粗口。

故事到这里当然还没有结束。过了一段时间，他就变回了最初的模样。跟以前一样喝着啤酒跟人赌球，赌到最后情绪激动差点儿又跟对方打起来。上课也一节不落，空闲了就去打球，跟以前一模一样，就连讲冷笑话的功力也所差无几。只是我们哥儿几个知道，谁离开谁都不至于活不下去，生活一样过，但谁也没有办法那么快就释怀。一有空喝起酒，老马还是跟以前一样二锅头直接灌，然后毫不意外地醉倒，发完酒疯之后就一言不发。

谁都知道他在想什么，谁也没办法劝他。

关于他分手的原因，不可避免地我们还是知道了。

有一天，前大嫂被我们撞见和一个男的牵手逛超市，她一脸尴尬地解释他们只是普通朋友。我们没说什么，打个招呼直接走了。这件事情成了"引线"，慢慢地他们也开始没了顾忌。虽说不算频繁地出现，但也没有任何回避的意思。我们替老马不平，但这是他们双方的自由选择，谁也没法去评判什么。

尽管如此，我还是没忍住跑过去问她到底怎么回事儿。她说有一天她在路边等老马去接她，结果老马跑去帮哥们儿搬家没来，是那个男生把她送回去的。还有上次唱歌也是，老马在和朋友喝酒，喝多了后，我们开始起哄让她喝酒，是那个男生帮她挡的酒。还有上次，他给她热牛奶。

我当时就骂了，说："老马之前每天都送你，你怎么不记得？他喝醉是为了帮你挡酒，你怎么不记得？你难受的时候他给你送药，你怎么就忘了？怎么他为你倒的热水、赶去给你买的药就抵不过别人给你送了一杯热牛奶？"她支吾了半天没再说话。

人都是会麻木的，有人对你好到不能再好，你习惯了就觉得不再好了。忘了什么时候听的故事，有个人离家出走，饿得不行了。有人给了他一个热包子，他感动到痛哭流涕。给包子的人对他说："你妈妈每天给你做包子，你怎么就不记得呢？"跟一个人太熟了就会忽略他的感受，这是病，得治。否则，总有一天你会心态失衡，你会被新鲜感冲击得一塌糊涂。所以，你总会记得一个陌生人的侧影，而不记得上初中时坐最后一排的人是什么模样；所以，你总会记得一个偶然遇到的人偶尔的好，而把你身后的人抛之脑后。

2012年毕业，我们就散了，老马继续读研究生，他的前女友跟她的男友回了国，我和老蒋跑去另外一个城市读研。我们本以为他们的故事就这么结束了，直到半年前我去他家，发现他的电脑旁还放着他和前女友的照片。我问他，还放不下吗？他说，两年了，觉得她还会回来。我说："你怎么就这么贱呢？人家说不定都结婚了，你还在这里念念不忘，你什么时候才能过自己的坎儿？"

他说他们没有结婚。

我眉头一皱，问他怎么知道，他倒也坦诚，说他们最近一直在联系。她还是给他带来一些常有的关心，也说自己的近况。我当时的第一反应是：完了，这点儿稍带礼貌的关心就能把他永远"捆住"。

大概一个月前，我去南京签售，约好了一起出来聚聚，然后他把她带上了。我皱着眉头心说"你们不会和好了吧"。他说他白天陪她去买了个衣橱，刚帮她整理完，就顺带着一起吃饭。我虽然一向不提倡旧情复燃，但当时看他的表情，倒真的有点儿希望他们能和好。

结果是后来他打电话告诉我他们再也没有可能了。我们断断续续地聊了一个小时，我才知道他这一年是怎么过的。他们从她回国之后就没断过联系，她和那个男生回国后就分手了。老马和他前女友之间彼此关心，也会见面。她一有事，他就会去帮忙。于是在这一年里，他回了两次国，跟她见了十几次面，去看电影、帮她搬家、陪她挑衣橱，可偏偏就是不提复合。

饭局后，我特地给他们留空间，自己先走了。没承想这给了她机会告诉老马她有了新男友，怕再见面会尴尬，想暂时保持一些距离。而他还是和以前一样，漠然地点头。

我在 7 月 11 日时写《失恋这回事儿》就是因为他，而我为什么要在这里写这篇文章，是因为他给我打来了电话，说他终于放下了。

我问他，之前一年都没放下，怎么这次半个月就放下了？

他说，他其实就是在等自己放弃。他向自己发过誓，如果曾经发生的事情再发生一次，就放下。他对我说，《失恋这回事儿》里说保持单身的确是一个解决方法，不要贱、不要见，忍着几个月也就好了，但是他要选择符合他个性的方法。虽然残酷，但是对他是最有效的办法——那就是对她好、对她好、对她好，不求复合地对她好。直到有一天，自己对自己的付出腻烦了，直到有一天对方的态度让自己失望透顶了，那就是解药到来的时刻。他昨天一个人去了他们认识的地方——初中。天气很热，他拿着当年他们在校门口的合照仔细比对，却突然发现校门早就变了模样，他突然就释怀了。那天拍下的东西，就让它留在过去吧。一个人不再爱你了，你们的联系就像一根细细的线一样轻轻一碰就断，现在就让它断了吧。

他和他前任认识 12 年，在一起 8 年，分手用了一天，彻底放弃用了两年。

残酷吗？当然残酷。公平吗？当然不公平。可感情又怎么可能都是公平的呢？它只有值不值得，从来没有所谓的"公平不公平"。如果要用公平去衡量一份付出、一份感情的话，那或许你从一开始就输得一败涂地了。承认吧，你自己都知道那是那么不公平。你对一个人念念不忘，另一个人想走进你的世界都没有机会。你爱上了一个出现在你生命里几分钟、几天的人，却从来没爱上一直陪你的人。日久生情自然是最靠谱的剧本，然而人的本性却始终在追逐一见钟情。

老马给我打电话还有另外一个目的，他说他想和过去彻底告个别，知道我一直在写书，想试着让我帮他记录下来。我对他说："最难的就是记录你们的感情，何况记录下来，你不觉得难受吗？"他说："我现在肯定能笑着看完这段故事，你就放一百个心吧。哥早就傻够了，何况我哪有这么脆弱？Kevin，我只是想要你帮我把这个故事彻底结个尾而已。"

我问他："你听过木心的那首诗吗？"他说没有。

我说那哥们儿在这儿给你酸一把：

记得早先少年时，大家诚诚恳恳，说一句是一句。

清早上火车站，长街黑暗无行人，卖豆浆的小店冒着热气。

从前的日色变得慢，车、马、邮件都慢，一生只够爱一个人。

他问我说这首诗干吗，我说从前的日色慢，什么都慢，一生只够爱一个人，可惜我们没赶上那个时候。哥们儿在电话那头沉默了一会儿，说："对，我们没赶上那时候。"我笑了笑，说："其实，我们不是没赶上那时候，而是那时候已经被我们辜负了。既然被我们辜负了，也不算白活，那就把那些放在恰当的位置吧。"

至少失去所有的时候，还有未来在不是？

把回忆放下其实没有那么难，难的是在那些没有结局的故事里，我们都少了一句郑重其事的再见。当我们郑重其事地说出"再见"时，我们才会放得下，我们才会给没有结局的故事画上一个句点，不让它在你的世界里兴风作浪。

我对他说，他的故事，我在以前就给他写好结尾了，不知道他喜不喜欢，但我觉得还不错：

每个人都会有回忆，也有遗憾。在那些没有结局的故事里，似乎总少了一个认真的告别。或许还会想着："如果当初……"如果当初我没有搬家，如果当初我勇敢一点儿，如果当初高考前能再努力一点儿，或许我不会跟小时候的玩伴失去联系，或许我会跟她肩并肩坐着分享人生。

那又能怎么办呢？如果分离无法避免，我们能做的不过是更强大、更好地面对分离。所以我想，如果经历了那些，我会变得更好的话，我应该把这样的自己留下来，更好地面对生活。

我想重新跟记忆里的那些错过的人，很认真地告别，尽管我早就已经把你们从生活中弄丢了。

愿那些错过的人，经历了颠沛流离之后还能再度相逢。

我相信，再相逢的时候，你们之间一定没有恨意了。毕竟在青春里陪彼此走过，在最青涩、任性、懵懂、不懂体贴的时候陪着彼此。在你最难过不想说话的时候，他也曾懂你的寂寞，站在你身边，哪怕什么也不说。

愿你能够明白，世上所有的相遇都有它的意义。也许有些人相遇就是为了告别，告别以后，还有长长的路要走。觉得过不去的时候，还有身边的朋友和家人，等到过去了，你会发现自己也过得好好的。

你从来都知道，回忆是一种力量，它能让你更好地走下去。

愿我们没能实现的梦想，在最无助、难过的时候，开出最灿烂的花来；愿那些没能珍惜的青春和回忆，在经历了成长的阵痛之后能在心底认真而又平静地告别。

BGM: 蔡健雅 *Easy Come Easy Go*

能聊得来很重要

⏮ ⏸ ⏭　◀━━━━━━━━━━━━━━━━━━━━━◀))

　　你会渐渐发现，"有话聊"是两个人在一起的基本标准。世上没有谁有义务去等谁，维系一段关系或者感情从来都是两个人的事。保持必要的关心，保持前行，为了相似的目标共同努力，两个人才能保持在同一个频率上。说话总是要解释半天，或者根本说不到一起去，多烦心！能聊得来真的太重要了。

学姐最终还是和她的"大叔"分手了，当然这不是大叔抛弃年轻姑娘的传统故事。

"大叔"其实并不老，三十出头，干练、有能力，为人也不错。当时，我们哥儿几个都觉得他们一定能成为俗世里的两朵奇葩，他们的感情一定能开出花来。结果花是开出来了，可是没来得及结果就谢了。

学姐是个很有能力的姑娘，当时她喜欢"大叔"的最大原因就是她觉得"大叔"特别成熟。用她自己的话来说，就是她觉得自己身边的男人都像孩子。

我当然不服，我说："哥的思想深度还是不错的。"

学姐郑重其事地点了点头，拍了拍我的肩膀说："可是'大叔'比你长得帅呀，虽然你长得也不错。"

说到底还是看脸。

学姐先我一年毕业，毕业之后就回国去了"大叔"所在的城市。在这一年里，学姐很少更新自己的动态，我也就慢慢地和她断了联系，直到前阵子机缘巧合和她联系上了。一起出去吃饭的时候，她一个人，她才跟我说起她和"大叔"已经和平分手了。

我当时不明白，问她："'大叔'各方面不是都挺好的吗？"

她说："是的，可只有一点不好，就是我们聊不来。"

　　她说，"大叔"帮了她很多，无论是在工作上还是在生活上，可她跟不上"大叔"的脚步。简而言之，这种跟不上就是两个人说话总是不在一个频率上。她很努力地找工作，碰了几次壁，可"大叔"总觉得她现在经历的事情只是小事。她偶尔和"大叔"聊起一两部电影，"大叔"把男主角的名字弄错了五次。

　　这都是没办法的事情，学姐努力了，只是尽管如此，她想在精神层面跟上"大叔"还是得磨炼好几年。她没有办法和"大叔"倾诉生活上的很多苦恼，因为"大叔"觉得那都不是苦恼。"大叔"也没办法和她说职场上的东西，因为她总是听得云里雾里。

　　慢慢地，两个人的话越来越少，最后分手了。

　　我写过很多故事，也越来越明白，两个人在一起最重要的一点，就是一定要有话说。很久以前，我觉得这是一个很容易达到的标准，后来发现这是世上最难达到的标准，甚至远高于物质的硬性条件。两个人在一起说话，说废话不会腻，不说话不尴尬，比想象的更难。

　　世上没有谁和你一开始就是在同一频率上的，两个人势必有一方要停下来拉后面的人一把，或者落在后面的人要努力一些尽量跟上前者的步调。这方面学姐足够努力，只是"大叔"已经走得太远，已经没有办法停下来了。学姐用跑的，最后累了，只能放手。

　　我想起另外一个故事。

小 A 和老赵在大学毕业之后的第二年分手了。那时候，小 A 已经找到了工作，而老赵白天找工作，晚上就把自己扔到网吧里。可想而知，他白天找工作时的状态肯定不好。小 A 和老赵在一起快五年了，她对自己说，无论怎样都要和老赵过下去。在她的未来蓝图里，必须有老赵的位置，否则那样的未来干脆不要。

这是当时小 A 和我们说的话。

可他们后来还是选择了分手，是小 A 提出来的。后来，老赵逢人便骂小 A 无情。再后来，我们的朋友圈里就没有了老赵这个人。谁都明白，问题大半出在老赵身上。小 A 拼了命地想把老赵拉到现实生活里，老赵却躲在象牙塔里不肯出来。到后来，两个人已经没有办法交流了。小 A 工作了一天，到家只是想有人说说话，老赵却在网吧玩游戏；小 A 遇到了很多问题想让老赵出出主意，可她却发现那时候她仰望着的老赵已经没有办法给她想要的了。他们每次为了一点儿小事吵架，老赵都会说："你现在是不是看不起我了？！"

当老赵说了几次这句话之后，小 A 明白他们已经不可能在一起了。他们已经没有办法在一个频率上了，她没有办法等他，因为她现在还什么都没有，只能往前走。

他们分手，你可以说小 A 现实，但她只是做了对于她来说正确的选择。他们本来可以很好地生活在一起，熬过了四年大学，熬过了最苦的毕业那年，最后还是没能修成正果。她只是受够了老赵一边描述所谓的"未来"，承诺很多，一边却从来没有为之努力过。

很多人把分手怪在物质上，但更多的情况是，说要好好奋斗的男人，许诺了一切却不为之努力，连打游戏时间都不肯牺牲，到最后却又怪女人太物质。说要陪伴男人的女人，总是花钱在不值得买的包上。明知道少一个包可以减轻很多负担，可她偏不，最后还要怪自己的男人没本事。

大多数人就是这么逃避属于自己的责任的，你可以选择"大叔"，那就意味着如果你要和"大叔"走很远，必须尽快跟上他的节奏，两个人在精神层面也要能很好地交流。这意味着你必须让自己变得更有韵味，否则永远会有更漂亮、更年轻的女人替代你。而如果你们决心一起奋斗，就请照顾彼此的感受。这世上最好的感受就是两个人一起从无到有地创造，可这条路千辛万苦。如果你决心走这条路，就得拿出相应的觉悟来，男人少玩些游戏，女人少一些虚荣。

可以找到和你一起奋斗的人是幸运的，是最大的幸运。以前，我总对长辈"门当户对"的说法嗤之以鼻，现在才明白，所谓的"门当户对"不一定是指物质上的，而是指两个人有相似的成长经历、相似的人生观和价值观、能为了相似的目标并肩同行。说话总是要解释半天，或者根本说不到一起去，多烦心。能聊得来真的太重要了。

所以，请一定要珍惜愿意等你的人，也一定要努力跟上他的脚步，因为世上没有人有义务去等谁，也没有谁会被你耗在原地一等再等。请一定要保持现在的状态，同舟共济、同甘共苦。保持必要的关心，为了相似的目标继续并肩同行。

即使你现在还是孤身一人，也不要为了所谓的"安全感"而匆忙地投向下一个人的怀抱。安全感从来都是自己给自己的，只有给足自己安全感的人，才能遇到一个你不需要取悦的人，才能遇到和你同频率的人。

愿你和身边的人说话不用解释半天。

愿你身旁有人愿意和你并肩同行。

BGM：Victoria Duffield *Break My Heart*

哎，那首歌，
好像是《简单爱》呢

◀◀　❚❚　▶▶　　◀)) ━━━━━━━━━━━━━━━━━━━ ◀))

　　许久之后，你会发现很多事情不是一定要去做，而是要和那个人一起做。同一件事，不同的人和你一起做，你会觉得有天壤之别。我们在意的往往不是事情本身，而是做事的人。就好像有些歌前奏响起就赢了，不是因为这首歌有多么"惊为天人"，而是这首歌里有太多你的故事。

那天，余小姐给我发微信，说："本来心情好好地玩着《节奏大师》，听到一首歌时突然难受了。"我说："你这是犯病了吗？玩《节奏大师》还能伤感？"

余小姐说哪能呢，只是那首歌略戳她的泪点而已。我试着去听了那首歌——周杰伦 2012 年底的新歌《傻笑》。

余小姐迷恋周杰伦八年多了，在我们都开始渐渐不听周杰伦的新歌时，她还一如既往地每张专辑都第一时间去买。而我这个曾经把杰伦每首歌都如数家珍的人，居然连他的最新专辑叫什么都不知道。

余小姐的高中和大学时代，是在周杰伦的音乐和一段长达八年的暗恋里度过的。那年，余小姐和她的男神同住一个小区，同年级隔壁班。他们住的小区离学校有点儿距离，双方父母为了方便，就约好了每家轮流接送他们俩。她的男神每天晚上回家时都戴着耳机，那时候最流行索尼的MP3。男神告诉她，他听的歌都是一个叫周杰伦的人唱的。余小姐买不起MP3，只好在周末去音像店淘了张周杰伦的旧卡带，从此沦陷，一发不可收。

她对男神有好感，但在那个花痴的年纪，她对长得顺眼的男生几乎都有好感。她对男神情感的第一次升级，是高一的暑假。那天，我们四个人去唱卡拉 OK，男神点了周杰伦的《晴天》和《三年二班》。她说那天男神穿了一件白衬衫，在昏暗的包厢里，她居然觉得男神在发光。

在确定男神那天并没有穿荧光色的衣服之后，余小姐通过排除法确信了一件事：那天，我也穿着衬衫，但是她完全看不到我（这不是重点），所以她确定她对男神的情感超越了花痴的程度。

那时的她还没自称老娘，还是个十分娇羞的小姑娘。

我们帮她把男神约了出来，把他们单独留在电影院门前。在这么好的环境下，余小姐愣是……和男神去电影院楼上打了场桌球。但那场桌球也不是全然没有好处，傍晚，男神送她回家，把耳机的另一头分给了走在他左边的余小姐。耳机里传来的是杰伦的《简单爱》。那时，听着耳机里口齿不清、很青涩的歌声，看着比她高一头的男神的余小姐，心跳破天荒地漏跳了一拍。

这便是她长达八年暗恋的开端。

转眼高中时代结束了，突然意识到再也无法在想看男神时就假装不经意经过他所在班级偷偷看一眼的余小姐，终于下定决心表白。那时，我们的一个老师同教两个班，两个班一起办谢师宴。余小姐决定在谢师宴上抓住机会，悄悄灌自己几杯酒，管他是死是活。谢师宴上，果不其然，一直偷偷摸摸的班级情侣们都纷纷公开，老师们也开起了玩笑，一片其乐融融。

我暗恋的姑娘和余小姐的男神同班，我拉着余小姐往他们班走。

我脸皮厚，在全班的起哄下拉着我暗恋的姑娘就走。后来，我才知道那天余小姐站在她的男神面前什么都说不出口。她想起喝酒能壮胆，二话没说抢过男神的酒杯一口干了里面的酒。

那天，男神喝的是白酒。

男神把她送回家时，被她爸妈说了好几句。据说，余小姐在回家途中还吐了两次。觉得自己出丑的余小姐，自觉没脸见男神，从此见到男神就躲，就这样度过了那个夏天。那个夏天之后，余小姐去了南京，而她的男神去了厦门。

大一和大二，每次余小姐想男神的时候，就戴着耳机听周杰伦的歌。周杰伦也一步步变红，那个仿佛只属于他们两个人的秘密被大家熟知。周杰伦2010年到南京开演唱会，余小姐鼓起勇气约男神去看。本来都说好了，可是男神最终还是没能抽出时间。那天，余小姐买了张黄牛票，一个人听完了演唱会。整场演唱会她一直恍恍惚惚，她说自己看不清台上的人是谁，能看到的，都是曾经的他们。

大三时，余小姐出国了。出国前夜，她终于约男神到小区门口。她知道自己还是连一句"我喜欢你"都说不出口，就把要说的话写在了字条上。偏偏那天风大，字条还没接稳就被吹走了。那天，余小姐和男神找了一个小时，她急得直哭。

那一刻，她突然觉得自己再也不可能和男神在一起了。

到头来，她什么也没说就出国了。再后来，她的男神搬家了。余小姐和男神再次见面，已经是今年年初的事了。那时，她为了工作焦头烂额，男神毕业进了外企，我考研成功，开始了自己的间隔年。就这样，我们迎来了又一次同学聚会，这次居然来了四十多号人。我知道余小姐这么多年来一直没能忘记她的男神，因为她中文歌只听杰伦的，杰伦的每张专辑必买，她一难过就会抄《简单爱》的歌词，她走路喜欢站在人的左边。

那天，她的男神一上来就喝了两杯。快散伙的时候，他叫住余小姐，对余小姐说了一句她等了好多年的话："其实，那时候我也喜欢你啊。"如果故事按照这样的节奏发展下去，大概又是一段女神等到男神的故事。只是余小姐怔了一会儿，对男神说："是啊，那时候我可喜欢你了。"

后来，我们四个又去唱卡拉OK，她点了《傻笑》这首男女合唱的歌。男神已经很久不听杰伦的歌了，男生部分不会唱，她就一个人把歌唱完了。到头来，她也没有和她的男神在一起。

今天，我在热门微博里看到一个故事，楼主30岁终于等到了自己当时一直爱着的男神。我在评论里@了余小姐，余小姐回复我说："这样的故事终究不会发生在我身上，如果找不回感觉，那就让记忆里的人留在记忆里呗，让我心里的那份感情定格在那天彼此一人一个耳机时就好。"

更多的情况是，当你发现你们彼此暗恋时，时间已经偷走了你所有的选择。曾经，你喜欢的人终于对你说了一句："那时候我也喜欢你啊。"于是，你整个人就蒙了，可是也只能说一句："嗯。"没有后悔、没有遗憾，也没有无奈。那个戴着耳机追赶自由的少年早就不再听曾经的歌了，你因为那个人做了很多事情，养成了很多本不会有的习惯。然而即便如此，你也明白有些东西、有些人不是不好，而是时机不对。

有些文字不是不好，而是你没到或者过了读它的时候；有些人不是不好，而是恰好你不想恋爱或者不想安定；有些事不是不好，而是发生在你正心烦意乱的时候。时机很重要，相遇得太早或者太晚，都不行。

很久之后你会发现，其实你会做那些事情并不只是为了与对方在一起，其实也是为了自己。很久以后，习惯或许还在，在一起的感觉和执着却早就没了。

17岁，她是你的闹钟，你早起只为和她偶遇；18岁，你送她回家，灯光拉长影子，你想牵她的手，却以失败告终；19岁，她送你围巾，你说着"真丑"，却怎么也不肯摘下来；20岁，你们煲电话粥，一整晚话都说不完；21岁，你们终于分道扬镳。你们把青春耗在互相暗恋里，却没能在一起。

那年，她为了男神心跳漏跳了一拍，之后她再也没有过那样的心跳。他们暧昧，他们当时彼此暗恋，但是他们就是没办法在一起。那时不爱听歌的姑娘现在一首不落，那时听歌的少年已经很久没戴耳机了。或许余小姐感受更多的是：偶然的重逢更像是上天开的善意玩笑，一样的人拼不出一样的感觉，曾经的执着也就过去了。

每个人都在成长中变成了另一个人，或许，这才是通用版的人生。

BGM：周杰伦《简单爱》

爱是用心，
不是敷衍

◄◄ ▌▌ ►►| ◄)━━━━━━━━━━━━━━━━━━━━━◄))

　　你或许在奇怪那些爱到底去了哪里，你或许在奇怪曾经的执着是怎么突然消失得无影无踪的。那些爱到底去了哪里？谁知道。大概在每一天的争吵中，在逐渐产生的隔阂中，在你又忽略对方的感受时，就这么慢慢地消失了。这世上哪有什么突然，所有的突然都伴随着漫长的伏笔。

朋友 A，突然间就分了手，原本犹豫不决的她突然比谁都坚定。他们在一起将近六年，其间分分合合了很多次，但始终没有分成。无论男生闯了什么祸，她都选择原谅。这次的导火索我们也不知道是什么，只是隐约知道是件小事，却让他们彻底分了手。就在男生以为一如往常可以挽回的时候，另一个人已经决心不回头继续走了。

最近，身边的情侣朋友，不是终于修成正果，就是分了手。很多时候，就连他们自己都不知道为什么一步步走到了分手的地步，就这么莫名其妙地分开了。分手的原因好像都是有些感觉慢慢改变了，曾经不可或缺的人慢慢变成了可有可无的人，可到底是从哪一天开始这么觉得的呢？就连他们自己都说不清楚，只是回过神来，已经走到了今天这个地步。

你也许在奇怪，那些爱去了哪里？

你也许在奇怪，一个人怎么可以突然放下一些之前放不下的东西，那些执着到底哪里去了？

那些爱去了哪里？谁知道。或许在一次次的争吵中，它慢慢地不见了；或许是因为你又忘记了她的生日；或许是因为她生病时你总是不在身边；或许是因为她喜欢的，你总觉得无所谓。十分的爱变成了九分，然后变成了八分，然后有一天你发现你们的爱已经支撑不起彼此了。

那些执着去了哪里？谁知道。或许是你在心里早就给自己定下了界限，到了那个程度就放下；或许你早就在心里下了一万遍决心；或许就像我朋友一样一直不厌其烦地对另一个人好，直到某天自己的付出让自己腻烦了。

直到某天，对方的态度让自己心寒到底了，那就是放弃的那天。

每个人都会犯错，但同样地，你也要有为自己的错误埋单的觉悟。不要仗着别人宽容就肆无忌惮，就像曾经看到的一句话：有时候，有些人看起来好像是原谅你了，但其实是因为你已经变得不那么重要了。

我们总是可以对 90% 的陌生人保持温暖的关心，却对身边的人视而不见，忘了每个人都有自己的感受。如果她喜欢的，你从来不在意；如果她难过时，你总是在忙自己的事，如果你描述了太多你们所谓的"未来"，却从来没有为之努力过……那么慢慢地，你就变成了她有感觉却不得不离开的人了。

所以，不要奇怪那些曾经的爱去了哪里，不要奇怪为什么你做错了一件事情，他会突然那么生气。这世上哪有什么突然，所有突然之前都伴随着漫长的伏笔。突然对你发火的人，你根本不知道他在心里忍了你多少次。

而在那"突然"到来之前，你的任何关心和倾听都能把那些伏笔清零。在我看来，没有谁天生是属于谁的，任何人来到你身边愿意为你停下脚步，都是值得珍惜的事。世上什么东西都有保质期，没有比心存感激更好的保质方法。

道理越简单，就越容易遗忘。

那么别忘了，爱是用心，不是敷衍。

BGM：陈奕迅《不要说话》

共振有效期

你不能因为一个人常去夜店，就说他不好。你也不能看到一个人经常吊儿郎当，就说他没前途。你更不能看到一个人总是笑嘻嘻的，就觉得怎么伤害他，他都不会往心里去。每个人都有自己的价值观，这个世界本就光怪陆离，你只需要向着自己坚持的、正确的价值观走到最后就好了，自有人在终点等你。

曾经看到"你看别人不顺眼，是因为你修养不够"时，我认为这是一句很扯淡的话——别人的错误与我何干？

以前，为了点儿小事都能和别人吵起来，吵着吵着就忘了争吵的原因是什么，只拼命想证明自己，到最后伤人伤己。后来，发觉少说一句话又不会死。一个人越恶毒，遭受的回馈也就越恶毒，给别人台阶下，就是给自己台阶下。与其嘴上争论别人是错误的，不如用行动来证明自己是正确的，争吵是这个世界上最浪费时间的事之一。

每个人自有每个人的价值观，所以首先得尝试理解别人。如果确实理解不了，那就干脆转头离去。你永远无法说服别人，就像别人无法说服你一样，每个人都有每个人的坚持。

我想正因为如此，能遇到和你观念一致、愿意停下脚步陪你的同类，才显得有多幸运。

以前看《观音山》的时候，里面说："孤独不是永远的，在一起才是永远的。"当时觉得很感动，后来发觉，其实在一起不是永远的，孤独才是永远的。

就像前面说的，每个人都有自己的价值观，你有你的，我有我的。你有你的生活，我也有我的生活。但诡异的是，无论生活多么千差万别，你总能找到些许共同点。无论你觉得它是否公平，每个人似乎都能感受到孤独。

于是我想，生活不好也不坏，只是让人觉得孤独而已。正因为有这种孤独，人们才会寻求同类。有一个同类的好处在于，你不必解释看到一样东西时你为何那么激动。那时，你便明白，有个人能分享你的感受，而你不必费心尽力去解释，是一件多么幸福的事。

我特别喜欢《在云端》里的一段话："But sometimes it feels like, no matter how much success I have, it's not gonna matter until I find the right guy."

如果没有找到可以分享的人，再成功也毫无意义。有人站在了世界之巅，还是会寻求和人分享自己的喜悦；有人跌倒在世界的谷底，还是会希望有人能陪他走出去。

其实，人们花尽毕生精力所追求的，就是有人能陪伴自己走下去，这就是所谓的"共振"。价值观或许有对错之分，但放在个人身上来看很难分清对错。而人们努力，不过是希望有人能认同自己的观念，并且愿意陪自己走下去而已。

始终记得《玛丽与马克思》中最让我感动的那段对白：

"我原谅你是因为你不是完人，你并不是完美无瑕，而我也是。人无完人，即便是那些在门外乱扔杂物的人。我年轻时想变成任何一个人，除了自己。伯纳德·哈斯豪夫医生说，如果我在一个孤岛上，那么我就要适应一个人生活，只有椰子和我。他说我必须接受我自己，我的缺点和我的全部。我们无法选择自己的缺点，它们也是我们的一部分，我们必须适应它们。然而，我们能选择我们的朋友，我很高兴选择了你。每个人的人生就是一条很长的人行道，有的很整洁，而有的像我一样，有裂缝、香蕉皮和烟头。你的人行道和我的一样，但是不像我的有这么多裂缝。有朝一日，希望你我的人行道会相交在一起。到时候，我们可以分享一罐炼乳。你是我最好的朋友，你是我唯一的朋友。"

如今，这部电影依旧留在我的硬盘里。

每个人产生价值观的过程都不尽相同，唯一的共同点就是它远比你想的更漫长，并且根深蒂固。我以前无法认同一个人的价值观时，就想以否定他的形式来证明自己是正确的。

你不能因为一个人常去夜店，就说他不好。你也不能因为一个人不走所谓的"正途"，就认定他没前途。你更不能看到一个人总是笑嘻嘻的，就认为他是铜墙铁壁、百毒不侵。

正如《玛丽与马克思》中所说，人无完人，而每个人的人生路都是一条很长的人行道，有的很整洁，有的则充满裂缝。但总有一天，我们的人行道会相交。等到那时，你的人行道是怎样的，你的过去经历了多少苦，都无所谓了。

爱情也是如此，真正的爱情是两个人在尽可能做自己的情况下，在两个人共同成长的基础上的情感共振。

每个人都在自己选择的道路上走着，道路有 1000 万种，能遇到志同道合的人实在难得。而每个人都或多或少地遭遇着挫折和"瓶颈",都或多或少地孤独,所以我们能做的就是尽可能地避免去贬低和指责他人——如果你们注定无法共振,不如彼此不去打扰对方的生活。越发觉得,不指责他人,不对别人的生活指手画脚,是难得的修为。看别人不顺眼,或许无关自己的修养,但妄加指责或者不加了解就去打扰,则关乎自己的修养。

一直以来,我最佩服的人,就是他能听到自己内心的声音,又从不去贬低他人的梦想:能听到自己内心的声音,代表他深知自己想要的,能不被外界影响;从不去贬低他人的梦想,说明他有耐心且宽容、努力,又不指责他人。

我想成为这样的人,在我的生活中尽可能地做到这一点就好。

在此基础上,要走得够远。

在刚出发的时候,我们都处于道路的起点。这个起点有很多人,我们共同生活在这样一个村落里。然后,你开始选择你的路。慢慢地,你变成孤身一人,你开始觉得人生无比漫长。

然而,就像所有河流终将汇入大海,当你走得足够远的时候,你总会遇到和你或同行、或交叉的人行道。所谓的"共鸣"是建立在你们的某些观念在某种程度上是相似的基础上的,你是什么样的人,就会喜欢什么样的东西、遇到什么样的人、被什么样的东西感动。

那些交会的人行道,只有你走到足够远的时候,你才会看到;那些你寻求的共鸣，只有你本身具备了很多东西，你才能够遇到。

日本作家东野圭吾的著作《白夜行》中有段对阳光的描述："我的世界里没有阳光，只有黑暗。但是，有可以代替阳光发出光亮的东西，虽然不像太阳那样，却也足够。"或许用此来描述共振不是那么恰当，但陪伴就是这么一个玩意儿。我从来不认为陪伴是永远的事情，比起孤独，它的时限显得微不足道，却也足够。

不管这个共振的有效期有多长，不管这个人是否来了又走，始终要对有这样的人出现这件事心存感激。因为有了这些人，才让你免于在孤独中徘徊。人生自是一场看不到头的颠沛流离，但一旦找到，即使岁月反复，也不觉得漫长了。

愿你可以找到那个与你长期共振、可以相互诉说废话的人。

☼

BGM：五月天《一颗苹果》

失恋这回事儿

⏮ ⏸ ⏭ ◀━━━━━━━━━━━━━━━━━━ ◀))

　　常有人说喜欢一个人总是自卑的，但如果你们在一起了，你还有这种感觉，那或许你们并不是真正地在一起。在一起是遇到一个无须取悦的人，常怀感激，而你永远不需要对爱人自卑。先好好爱自己，你才有能力爱别人。要和一个人走下去，最好的状态便是并肩同行。

一

身边的朋友一个接一个地失恋，不是失身便是失魂，再不就是自尊被糟践得一塌糊涂。

在北京的一个朋友叫大然，她在地铁里哭得一塌糊涂，我们都劝。明明被甩的人是她，她还在给对方找借口、找理由。芋头在一旁说："其实，你爱上的那个人吧，只是你想象的他而已。他都跟你说这么多次了，他就是不爱你。除了不爱你，没有任何其他理由。"

好巧不巧，到南京的时候，又有一个哥们儿失恋了。说他失恋倒也不太准确，他跟自己的前女友永远断不开。他们可以一起去看电影，他可以帮她修电脑、陪她逛街，但是他们就是不能像跟以前那样在一起了。这样的事情断断续续地持续了一年，最近他前女友彻底不找他了。他百思不得其解，一直到前两天，他才得知前女友有了新欢。

其实，你比谁都清楚，再好的故事都是以前的。而你一直放不开，大多是因为不甘心，所以分开以后才会一直在自己身上找原因，想着如果当时做得更好就好了。

如果真的回到过去，你或许还是会和当初一样笨拙。

世界上最不公平的事，一定有感情的一分子。痴情的人有他的一番说辞让人无法反驳，提出分手的人一副不忍却又不得不为之的模样——人人都有自己的道理，人人都有自己的苦衷。

然而你知道，除了不够爱，其他的都是借口。

二

缘分这回事儿，有时候根本就是自己营造的：你凌晨 2 点睡不着，正好她发了微博；你正在单曲循环，突然发现她也在听这首歌；你爱《灌篮高手》，正好她是樱木的拥趸；你逛街转过一个拐角都能正好遇到她。于是，你认定了你们的缘分。只是这样的巧合每天都能上演无数次，你却只认定你和她的是缘分。你翻到一个页码都能想到她的生日，你听到谐声都能想到她的名字。为什么你会觉得你们有缘分？因为你满脑子都是她啊。

如果你满脑子是另外一个人，大概你也能发现这样的缘分。

你和她在一起的时候，走在路上觉得两棵树都像在谈恋爱；你跟她分开以后，你觉得两棵树之间永远不会有任何联系。

那天，看着大然不停地哭，我只察觉到了自己的无力感：失恋这回事儿别人没办法帮你。哪怕我和芋头说了一大通，她自己没想通，那还是白搭。

在某个时刻，失恋是件可生可死的大事，谁都爱爱情胜过爱自己。所以，没得到的拼命想得到，想逃开的拼命逃跑。谁都能为了爱情委屈自己，只要对方是你爱的。你倾注了全部，把对方当成全世界。对方走了，你那时的世界也就塌了。

许久以后你会明白，世上失恋的人有一大把，大家都好好地活着。感情只是人生中的一部分，还不至于是全部。你以为天塌了，其实只是你没站稳。

有时候，你失恋不是因为你不够好、不够高大、不够帅气，不是因为你不够温柔、不够体贴、不够漂亮，更不是因为你在这段恋情中做错了什么。很多情侣常常吵架、又爱又恨，却还是得以善终；很多情侣经常做错事惹对方生气，却还是天长地久。

这样的关系，是你能在这段感情里尽可能地做自己，即使吵架也不用担心你的明天没有他。

三

一个人永远不改变的话，他就会遇到相同的事情发生在自己的身上，在爱情中尤为如此。

我们常常看到有好友在感情上重复犯着之前的错误，最后都是以悲剧收场，让人无奈又心酸。

其实，想一想又觉得道理很简单：如果你常去夜店寻找安慰，那么你遇到的人十有八九是逢场作戏；如果你常因为寂寞而跟别人谈恋爱，那么你遇到的人八成也是因为寂寞才跟你在一起；如果你只是因为想找个人过日子，想有个人陪着你，那么你遇到的对方大抵也是如此，你们的日子除了将就还是将就。

同样地，如果你不能接受自己的缺点，那么对方也很难接受你的缺点，因为你在他面前亦步亦趋、小心翼翼；如果你每次挂完电话之后都会担心没有明天，那么你们的感情很可能就没有明天，因为你们双方都没有十足的安全感。

与其一直取悦一个人，不如先好好爱自己，直到有一天不用你拼命讨好，他也能看到你。如果你们两个人一直处于不平等的状态，那么过不了多久，你们就会失衡。追赶的那个辛苦，等待的那个心焦。和同频率的人相爱，才能听到对方的心声。

失恋的意义在于成长，在于不让你一而再，再而三地重蹈覆辙。成长远比匆匆投入另一个人的怀抱有意义，成长才不会让你的感情一次次地不得善终。

失恋这回事儿，往大了说是让你成长的好机会，往小了说是让你摆脱了错的人。在遇到下一个喜欢你的人之前，保持一段理智的单身时间，在对的时间遇到对的人，是一种幸运。这是最需要耐心才能等来的幸运，给未来的那个他和自己最好的礼物，就是变得更好、更温柔、更幸福、更懂得珍惜。

爱情从来就不是一件可以用等价交换来衡量的事。不是说你爱他爱得要死了，他一点儿不爱你就是铁石心肠。爱一个人是不以他是否爱你为前提的，你爱他是你自己的事，你从一开始投入时就该明白这或许是没有回报的。你愿意在这件事上犯傻，不是为了将来回忆说自己多么冲动，而是你曾经也不计回报地青春过。

只是这样的傻也是有保质期的。

怎么说呢？如果你再怎么糟蹋自己，你也觉得没关系你乐意，那请继续。只是如果你已经很痛苦了，不想再坚持了，那就让它过去。虽然也许放下很难，但请先好好对待自己。毕竟20多年来你经历的一切，不是为了遇见一个让你糟践自己的人，你说是吧？

实在难受就去吃东西啊，傻瓜。

☼

BGM：周杰伦《晴天》

37.2℃

⏮ ⏸ ⏭ 🔊————————————————————————🔊

　　很年轻时，你谈起恋爱就奋不顾身、飞蛾扑火，后来烧退了、梦醒了。之后不是没遇到好的，只是温度没那么容易传到心里了。你也知道两个人终归比一个人温暖，但你还是在等。你说那个人出现时，你的温度会从心里传来。你不害怕发烧，因为对方和你一样。这种感觉让你安心，就像看着万家灯火、满天星星和稻田里的萤火虫。

《董小姐》这首歌刚风靡起来那阵，D小姐在微信群里非常兴奋地对我们说："你们听过《董小姐》没？那就是形容我的。我就是那个有故事的女同学。"

老马说："你是在暗指自己是野马吗，丁同学？"

D小姐速度回击："我说的是这首歌描绘出了我那刚烈不屈的女强人形象。"

事到如今，我依旧没搞清《董小姐》这首歌和女强人之间的联系。不过在D小姐考完博士，并且开始准备自己的paper（论文）时，剪了一头短发的她越发符合她给自己定下的定义。

或许那首歌和她之间的唯一联系，只有"你才不是一个没有故事的女同学"这句话。另外，还有她的姓——丁的首字母也是D。

当然，所有野马一开始都不是野马。如果可以，我想她们或许也会选择停留在某片草地上。满脸贴着"老娘才不用靠男人"这一标签的丁小姐，20岁时的志愿还是为爱的人洗衣、做饭、相夫教子。在她一骑绝尘奔走之前，她也曾想在草原边停留。

丁小姐刚满20岁那年，大二刚刚念完。她决定陪男友去法国读书，当然出国这件事也是她家里敲定的，但她没有和爸妈说选择法国是因为男友。手续都办妥了，两个人却在出国前大吵了一架。原本他俩的计划是读完之后就回北京，她男友那天偶然说起自己的计划一直都是留在法国。这和他们之前的计划完全不同，但这并不是丁小姐生气的理由。

丁小姐生气的是，直到他们要出发了，她才得知对方的真实想法。那天，看着两眼放光的他，她问："你是不是怕我知道你的计划，就不会陪你去法国，所以你才一直瞒着我？"

决定好的事情不好再改，而且这并不算是一件小事，他们还是按照计划出发了。用丁小姐的话来说，只要两个人能在一起，未来在哪里都一样。

我本以为故事会这样告一段落，直到我前阵子看到丁小姐发朋友圈说她回国了。我问她："你们怎么回来了？不是还说要在法国大展宏图吗？"

丁小姐淡然地说："我一个人回来的，分手了。"

老蒋喜欢丁小姐，这不是秘密，当然对某人除外。那天在微信群得知丁小姐喜欢《董小姐》之后，每次我见到老蒋的时候，他都哼着《董小姐》。尤其是那句"爱上一匹野马，可我的家里没有草原"，简直像是说出了他的心声。于是，他每次哼这首歌一定从这句话开始。

是不是野马，有没有草原，都不是本质问题。野马再奔腾，也总得停下来休息。如果她真的有心留在这片草原，她就会留下来；如果她不喜欢你这片草原，哪怕你把撒哈拉沙漠都变成了草原，她照样奔向远方。

老蒋告诉我，丁小姐去年就与男友分手了，因为她男友劈腿了。那是她第一次觉得付出不一定会得到相应的回报，当知道自己不在他未来计划里的时候，她就应该果断离开。

一开始就没把你列在未来计划里的人，永远不会把你放在计划里。

后来的故事你们也知道了，那天，丁小姐看着信誓旦旦发誓的男友，突然觉得一阵好笑。在这之后，丁小姐拿出了自己以前积攒的所有坚决，跟他一刀两断。从此以后，她便像脱缰的野马策马奔腾一发不可收。

她说她是一个中毒的人，本以为他是她的解药，可以让自己卸下所有防备。可偏偏他是庸医开出的药引，让她的毒更深。从此，她只能把自己变成妖怪，变得百毒不侵。

她不知道的是，有个人录了好几天《董小姐》，却始终不敢放给她听。在我们眼里，老蒋这货虽然闷骚，但比丁小姐的前任好上不知道多少倍。即便如此，他们之间的距离却越发向着"一辈子的熟人"靠近，不可逆。

大部分爱情的苦恼是，让你中毒的人，却不是你的解药。

说个不那么苦恼的故事。之前在《你想要的爱情》里提过的跟我同名的 Kevin，今年结婚了，结婚对象就是之前他在游戏里认识的那个姑娘。

还记得他刚开始告诉我们他谈恋爱时，我们那副不置可否的样子——当然没有人会看好一份在网络上认识的感情，更何况两个人隔了一万公里的距离。但是，就在最近，他们结婚了。之前闹腾得最欢的几个人都闭上了嘴，没有人再去怀疑他们的感情。

这个世界自有一种诡异的力量，被你吐槽最多、最不被人看好的感情，大多可以坚持得比你想象的久得多。平时从来不肉麻的他，在寄给我的结婚录像里，对新娘说："我之前遇到过很多人，有的让我发烧，有的让我发冷，有的只是让我觉得温暖，只有你让我的体温上升得刚好。你是我所有病症的解药，嫁给我。"

同名为 Kevin 的我就没有他那样的机遇了。我在去年相了一次亲，过程没什么好说的。两个人吃饭，彼此都难掩尴尬，又深知彼此都没到草草结婚的地步，匆匆吃完埋单，再也没联系过。我自然深知相亲不失为一个很好的解决办法：彼此能最快地知根知底，是否有房、有车，能省去很多磨合和家里的阻碍。

但是，总觉得有种去超市买菜的感觉，彼此过去 20 多年的年华被换算成数字，打上了标签。似乎性格什么的都无所谓，只要有房、有车、户口在市区就可以顺理成章地结婚。这样和去超市买菜有什么区别？无非是你的价格比白菜高一些。为什么一个人一直很努力地生活，到头来要像卖不出去的限时商品一样，放在柜架上打折出售？

如果这样，我宁可选择和丁小姐一样，变成百毒不侵的妖怪。在还不愿意将就的时候，就不要将就。

说回丁小姐，上个月丁小姐试着恋爱了。我们原本还担心老蒋的反应，但老蒋表现得很洒脱。我们都看得出来，那并不是装的。这样也好，不如断了念想。他这六年的暗恋终于能画上休止符，也是幸事。我无从想象是什么样的人能把变成野马的丁小姐 hold（掌控）住，当然这从来都是丁小姐自己的事。

百毒不侵的妖怪自身也带着让人无法靠近的毒，而解毒的办法只能是以毒攻毒。或许妖怪的宿命就是行走于世间，直到遇见另一个妖怪，同病相怜，进而同甘共苦。

我开始觉得每个人的解药都是时间，这是世界上最公平的真理：时间把你带给一个人，让你中了一身毒；它自然会在之后把你带给另一个人，把该给你的解药给你。不要怪一开始为什么让你中毒，谁让你不知不觉中给别人下了毒呢？或许在你不知道的情况下，有人已经爱过你十遍了。

在你的毒解开之前，你要等，你要保持耐心，保持充实自己，要强大到你们相遇的时候，他一眼就能看到你。总得有个人来到你的生命里，你才会明白为什么你和之前的人都没有结果。

前天，听朋友介绍看了一部电影，名叫《巴黎野玫瑰》。文艺电影我从来就没几个看得进去的，这个也是一样。直到看到片中的一句话，我才突然明白，为什么同名 Kevin 说他的新娘是他的解药。

"爱情的来临使人的体温上升 0.2℃。"

我遇到过很多人。有人让我发烧，我以为那是爱情，结果烧坏了所有；有人让我发冷，从此消失在我的生命里；有人让我觉得温暖，但仅仅是温暖而已。只有你，让我的体温上升了 0.2℃。

　　所以最后，希望每一个你，无论你的名字是什么，都能找到属于自己的 37.2℃，找到愿意义无反顾、对你另眼相待的那个人，找到你行走于世间的解药。

☼

BGM：大嘴巴《爱不爱我》

软肋和盔甲

⏮ ⏸ ⏭   🔈————————————————————————🔈⁾

　　有人说，爱上一个人的第一反应是好像有了软肋，又像是有了盔甲。那时我想，一直爱着我的父母是什么感觉？突然间明白父母从某种意义上说就是我的软肋和盔甲，他们永远是支撑着我的力量，也是世上最能牵动我心的两个人。

在堪培拉的时候，好友每天给他爸打一个电话，聊上十分钟，说说一天的情况。有时候，我觉得这样没有必要，有时候又很羡慕他和他爸有很多话可说。

我爸突然打电话给我，我这里已经是凌晨。在看到电话号码的一瞬间，我的心突然"咯噔"一下，怕是有什么坏消息。接起电话，我爸说了一句："没什么，就是你妈想你了，什么时候回来？"

简单聊了几句之后，我爸就把电话挂了。老实说，随着离开家的时间越来越长，我跟爸妈联系的次数也越来越少。刚出国时，我妈每天都要和我视频，现在我妈在 QQ 上差不多一个月找我一次。不知道是越来越独立，还是已经到了和父母关系的分水岭。

我妈从来不会像她的朋友那样，给自己的儿子时不时来段肉麻到死的话。我爸也很少给我打电话，只是一个月一两次在我的 QQ 上没头没脑地留句话。从小到大，我和爸妈的相处方式就是这样：话不多，没那么多交流，一起旅行的次数也只有小时候的那几次。

回国那阵子一起吃饭的时候，偶尔，我妈会讲讲我小时候的事情。说那时我 7 岁了，有一次我妈对我说我 7 岁了，可以自己出去玩了。然后，我就在中午偷偷地溜出家，跑到我妈单位去找她。结果我迷路了，我妈下班之后差点儿没后悔死对我说这句话。后来，我妈接到她同事的电话说我在她单位。

这件事情如果不是我妈提起，我已经完全不记得了。在我妈说这件事的时候，我看到奶奶在一旁偷偷地抹眼泪。

这不是我第一次看到奶奶抹眼泪了。也许年纪越大，反而越像小孩子。奶奶买了新东西就会像小孩子一样开心半天，还偷偷藏起来又忍不住窃喜。我印象里只见奶奶抹过三次眼泪，都是因为我。第一次是我出国的时候，进海关之前我回头看了一眼，看到奶奶在偷偷哭。还有一次也是我要离家，我没让家里人送，奶奶给我递行李的时候，忍不住哭了。

我不知道老人在送孙子、孙女离家的时候是什么心情，也不知道不懂电脑、不懂手机的他们要怎样才能知道我的消息。我不知道他们在看到儿女长大不再需要他们时的心情，更不知道他们看着我们长大到底是开心多一些还是不舍多一些。我们拥有他们年老前的最后一点儿时光，而他们却不再拥有我们了。时间真的是这世上最残酷的东西。

细细想来，我妈接触所有的新鲜事物都是因为我——QQ、微信和微博。老实说，我很讨厌他们无孔不入地关注我的生活，却又无法想象我不在家的时候他们看着我空荡荡的房间是什么心情。我妈是我的英雄，她从来不示弱，从来不在我面前难过，唯一的一次是她在我上网的时候，突然来了一句，说从小我就是这样独立的个性，长大了觉得与我的距离越来越远了。我那时戴着耳机，其实耳机里的音乐并不大，听得真切，却只能假装赶稿连头都不敢回。

我知道我的父母是我的软肋，只要他们出一点儿问题，我就一定会赶回家。而如果他们想让我有另一种生活方式，或许我也会挣扎、纠结、试着说服他们或者说服我自己。在一个人 20 多岁的时候，自己的理想和父母的希望之间的冲突在某种程度上无法调和。然而我知道，他们只是想看到我的决心。

而他们又是我的盔甲。每次我心情低落了、难过了，只要想到他们就充满动力，想着自己牛 × 的速度一定要超过他们老去的速度。或许我们在为了感情挣扎、为了梦想拼搏，或许父母某种程度上是我们甜蜜的负担。但是想到他们，就觉得挫折和困难其实没什么大不了的。

天塌下来，你们就是我寂寞天地中的大英雄。

天暗下来，你们就是光。

☼

BGM：陈奕迅《单车》

生日快乐，
我生命中的大英雄

⏮ ⏸ ⏭   ◀━━━━━━━━━━━━━━━━━━━━◀))

　　有很多时候，我都想回到过去重来。后来觉得无所谓，反正回去也一样，该走错的依旧会走错。然而，后来有无数次，我想回到小时候。那时，奶奶还比我高，我还常去爷爷那儿蹭饭，妈妈没有现在这么累，而爸爸还是我印象里那个永远不会倒的超人。

　　小时候住得偏，去市里要坐很久的公交车。那时，我常缠着奶奶带我去市里，也不管天气多热或者她身体好不好。奶奶总是有求必应，有空就会带我去。那时候，公交站还没有站台，也没有座位，只有一个站牌。奶奶怕我被太阳晒，总是叫我躲在她的影子里。

　　我小时候对奶奶的印象，就是这样。她是我的超人，她的背影总是很高大。

　　那时候，去书店是经常的事。哪怕要坐一个小时的公交车，我也会去，坐在公交车上的我比谁都满足。除了买必要的参考书，我会缠着奶奶给我买很多漫画。我和奶奶建立了伟大的联盟，一致对外，这些漫画奶奶都会偷偷帮我留着。妈妈有时不让我看电视，我就跑到奶奶的房间里看漫画。就是这样，我在懵懂又偷偷摸摸的情况下读完了《七龙珠》，看完了《灌篮高手》，还有 2002 年的世界杯。

　　后来，我爸换工作了。读初中时，我到了市里。离书店近了，不用再坐那么久的公交车了，却又舍不得打车，就每次都走路去。那时候的书店，刚翻新了第三层，所有参考书都集中在三楼。楼下开了个冰激凌店，那是我和小伙伴的常驻地。也是在那时候，电视里有了点歌台，我听到了周杰伦的歌。书店的二楼有一块专卖音像制品，我偷偷买了很多卡带，把卡带偷偷放在英语卡带的卡盒里，每天睡前都会听。

　　只是，可能因为我想证明自己的独立，每次奶奶提出要陪我去书店，我都会摆摆手说"不用"。后来，我仔细回想了一下，初中以后，我就再也没有让奶奶陪我去过书店了。

再后来，书店变得越来越大，却再也没有卡带可以买了。

我认识妈妈的时候，她还只有 23 岁。我猜想，妈妈第一次见到我的时候，一定是她这辈子最美的时候。只是那时的我一定在不停地哭，所以忘了看妈妈最美的样子。

小时候，电视里放《四驱小子》，我吵嚷着要买一辆四驱车，我妈一直没表态。到后来，我自己也把这件事忘了。我爸换工作之前，我妈很少有机会去市里。记得有一天，我妈一脸兴奋地让我猜她给我带回来了什么好东西，我一脸茫然。然后，她把四驱车放到我的面前。我现在早就忘了那辆四驱车去了哪里，却一直记得我妈的表情。

印象里的妈妈总是很啰唆，经常把一件事情翻来覆去地说上好几遍。我上高中的时候，因为叛逆总是和妈妈作对。通常都说不上三句话，我就会不耐烦起来。明明每次看到有关父母的文章就心疼得要死，明明知道妈妈为我付出了那么多，可我还是会和她怄气，还是会惹她生气。

再后来，我就出国了。

妈妈有个习惯，就是每天早上去我的房间打扫。爸爸有一天对我说，妈妈一天早上去我的房间打扫，半天都没出来。被子叠了一次又一次，桌子擦了一次又一次，衣橱整理了一次又一次。我想我懂妈妈的心情，却又无法想象她的心情。

刚出国的头两年，每次我走的时候，妈妈都会偷偷抹眼泪，怕我看到难过。记得有一次，我回头拿行李，妈妈的眼泪就掉下来了。那是我这辈子唯一一次看到妈妈哭，我根本不知道说什么，只好假装没看见，说了句"我走了"，拖着行李头也不回地往前走。妈妈每次都不会送我到海关口，她永远都是陪我领完登机牌，就在原地等着，让爸爸陪我去海关。平时总是唠叨不断的妈妈，那次什么都没说。那时候，我还觉得奇怪，后来才明白，妈妈是不想让我觉得她舍不得我。

爸妈才是假装坚强的人。

我房间里放着一些照片，都是很平常的照片。这些照片中的我是小学生，奶奶那时候还比我高一点儿，爸爸总是不修边幅，妈妈还没有剪短发。照片是我拍的，所以手法很笨拙。有些照片里，妈妈被柱子挡住，爸爸总是吃东西吃到一半，奶奶总是没在看镜头。难得有几张是拍得好的，妈妈一本正经地摆着剪刀手，奶奶笑得特别开心，爸爸搂着妈妈。

以前，我总想着有时光机，就可以弥补所有的错误。后来，我发现我没有什么要重来的，虽然成长总体来说是件很难以捉摸的事情，但是我从来没有畏惧或者抵触过成长。我认为我之前的人生里，所做的答卷还不错。错过的人、爱过的人、走过的弯路，都没什么。再来一次，我可能还是这样。

而我真的想要重来的，就是想回到那时候，把照片再多拍一点儿、再拍好一点儿。

看照片的时候，又一次真切地觉得，爸妈的青春都不在了。他们曾经也有梦想，也曾风华正茂。只是有了我之后，他们毫无怨言地把他们的梦想变成了我，把所有精力都放在了我身上。我过得好，他们就好。一个人觉得过不去的时候，就想想身后的家人，这就是我们坚强的理由。

不管我成长得有多快，和爸妈老去的速度比起来，还是太慢了。

只希望我能够变成让你们骄傲的样子，而我有一天有了孩子之后，一定要变成像你们这么棒的爸妈。

很巧的是，妈妈和奶奶是同一天生日，都是腊八。如今又一年过去了，想着为你们庆祝，却又想让时间停下来。妈妈总是爱把我的微博从头到尾翻一遍，每条评论都会认真地看。可是她啊，从来不是爱网络的人。我想如果没有我，她连微博是什么都不知道。

妈妈，明天一早起来，您就能看到这篇了吧？我已经可以猜到您想说什么了。

好啦好啦，我一定会尽快给您找个儿媳妇回来的。

这篇文章，给你们，我生命中永远的大英雄。

☼

BGM：周杰伦《听妈妈的话》

愿我们都被这个世界温柔地爱过

◄◄　▐▐　►►◄　　　————————————————————　◄))

　　成长不是发现世界越发黑暗的过程，而是发现世界越发复杂的过程。儿时觉得世界美好是因为简单，爱你的人为你阻挡了复杂。世界没有很糟糕，也没有很美好，它只是复杂，只有好的一面和坏的一面都不代表真实。成长就是认识到这些，然后相信自己，选择相信的。

　　其实，每个人都被这个世界温柔地爱过。为此，就得把这份温柔传递下去。

一

在我上小学五年级的时候，我树立起我人生的第一个伟大理想——变成非常厉害的篮球运动员，然后把初中的那些高个儿全部赢个遍。那时，我刚看完《灌篮高手》，湘北打翔阳，三井寿实在太帅了。从此，我便喜欢上了篮球，一发不可收。

那时，在上学途中，我会经过一个篮球场。那是我们镇里类似于文化中心的地方，篮球场左边是图书馆，右边是大片草地，时不时就能看到有人在踢球。那时候，踢球是件简单又快乐的事，连球门都不需要，把书包摆在草地上就能当球门。

那年中国足球居然进了世界杯，然后很快打道回府，而姚明则以状元秀的身份登陆 NBA。

五年级的我和我的小伙伴，从那时起就每天和一帮初中的高个儿一起打球。每次不管是比投篮、罚球还是斗牛，我都被完虐。某天，我被一个高个儿完虐，他放了一句狠话，原话我已经记不清了，只记得我怒不可遏。从那天起，我就暗自发誓一定要赢过他，让他心服口服。

于是，我每天加倍练球，练到满头大汗。终于，我觉得我可以再和他比赛了，却再也没有见过他。

后来，这个所谓的"篮球梦想"消失了。回头想想觉得一阵好笑，儿时总有一些莫名的想法，在当时却又有不知从何而来的笃定。笃定那就是会实现的东西，而自己就是为这个梦而生的。

　　去年过年，我回乡下，想着去曾经的篮球场打球，没想到那里已经变成了居民区。图书馆不见了，草地也随之消失，就连小时候常见的小河也不见了。

　　事到如今，我依旧不知道科技和城镇的发展是不是好事。就好像那天我盯着居民楼发呆，想着消失的或许不是篮球场，也不是那片绿地，而是我们自己。

二

　　最近，强迫症越发严重：左右耳机不能戴反，否则就会觉得别扭；上厕所的时候，如果不找点儿字来看可能会死；睡觉的时候，如果不在脑海里构思一个剧情一定会失眠；洗澡则是思考人生的好时机，尽管每次洗完澡我就忘了我到底在思考些什么。

　　听歌已经变成我生活的一部分，一有时间独处，我就会听。我一直在想音乐和文字对我们来说到底意味着什么，后来我觉得音乐和文字能有什么意义，就在于接触它们的时候你有什么样的心情。忙碌时，你会没有心情听歌；失落时，某些歌却又像鸡血一般让你热血沸腾。

　　很小的时候，电视里一直放周杰伦的歌。那时候就觉得这个家伙够拽，《双截棍》是我的最爱，觉得这首歌简直拽爆了。那时候也爱听周杰伦的其他歌，但我不觉得这些歌对我有什么特别的意义。奇怪的是长大了以后，反而发现周杰伦的歌里有种特殊的味道。每次听起来都是一阵感慨，心情也会随着旋律而改变，我想大概是我们都到了能听懂他的歌的含义的时候了。

我们都可耻地长大了，而那些音乐依旧年轻。

当然，我依旧爱着从小就喜欢的漫画，比如《灌篮高手》和《七龙珠》。我也爱着看了好几年的美剧，比如《老友记》和《迷失》。我一直不舍得看这两个系列的结局，尽管我早就看了无数遍，可每次看到结尾的时候，还是觉得不要看下去比较好。不看下去就不会有结局，不看下去就不会有告别。

我突然明白，或许不管是文字还是音乐，或是其他一些什么，只要你用某种方式把那些东西记下来，它们就会变成你的一部分，你们就变成了互相陪伴的状态。陪伴这种东西，你很难说清它到底是什么，甚至很多时候你对它不以为意。只有在某个时刻、某些特殊的时间点，你才能感受到它的力量。

我想，作者和读者应该也是这种关系。我分享我的故事，我很开心你愿意听我说话，甚至会把这些话记在心里。陪伴永远是相互的，我想世上还有人能和我在某个下午看同一本书、听同一首歌，就觉得世界其实没那么冷漠。

你愿意听，我愿意讲。如果你愿意讲给我听，我也会用心听。

三

说说我在的城市。

墨尔本是比较文艺的地方，这种文艺是这个城市文化的一部分。比起悉尼的商业化，墨尔本显得沉静些。咖啡文化是墨尔本的城市基因的一部分，在城里，你每走一条街都能发现四五家咖啡店。对于这里的人来说，这是他们生活的一部分。

离我住的地方不远，有一个公园，我每天早上跑步都会去那个公园里跑一圈。由于我工作日总熬夜，跑步基本集中在周末清晨和周三一早。跑步时能遇到很多同在跑步的人，大多和我一样戴着耳机，自顾自地跑着。

跑步是难得的锻炼项目，随时随地只要准备好，除了天气以外没有其他特别的限制。遇到一起跑步的人时，心情会莫名地好。大概是知道了世界上有很多人和自己一样保持着跑步的习惯，或许每个人跑步的原因都不尽相同，但至少那时候能感觉到大家是同类。

我坚持跑步的心理其实特别简单，我对于很多锻炼项目都是半途而废，不是觉得没时间，就是觉得太辛苦。后来，我告诉自己不能再这么下去了，我必须找件事情来做。我一直很羡慕那些早起跑步的人，羡慕跑步者的姿态，也想借着跑步的时候放空一下。

羡慕是世界上最无力的力量，你明明可以和他们一样，可你却给自己诸多借口不行动。甚至在某些时刻你都快相信自己的借口了，可下次偶尔遇到让你羡慕的事情，你的神经还是被挑动着。

如果你真的羡慕，那就去做那件事情。如果你想变成他们的一分子，那你就和他们一样去自己想去的地方、做自己想做的事情。我是幸运的，因为跑步这件事情想起来困难，但做起来其实很简单。挑几首自己喜欢的歌，做些简单的准备活动，穿上最舒服的跑步鞋就能出发。

跑步的时候听到自己喜欢的歌，再看着城市渐渐苏醒，我觉得特别踏实。很多人问我要怎样养成跑步的习惯，其实很简单，行动起来就好了。我当时就想着，这件事情我一定要坚持到自己的极限，我就想着"我倒要看看自己能坚持多久"，然后就真的坚持下来了。到后来成了习惯，已经不会去想坚持不坚持的问题了。

除去跑步和日常生活，在墨尔本这么多日子下来，最大的感触就是这里的人不会随便对别人指指点点。也正因为如此，在街上你可以看到很多街头艺人。他们大多不在意别人的眼光，或唱歌，或弹琴，或涂鸦。在州图书馆门口的草地上，你会看到很多人席地而坐，三三两两，或聊天，或看书，或放空。

身在异国他乡的坏处自然是孤独感和想家，但好处就是你不用那么在意别人的眼光。这里充斥着各种各样的文化和各种各样的怪人。刚开始对一切都充满好奇，到后来觉得其实没什么，和你擦肩而过的每个人都有自己的人生和自己的故事。

正是因为这里有各种各样的怪人，做各种各样的"怪"事，当你走在其中，就会明白"这世界上有这么多怪人，我的怪也不算什么了嘛"，你就可以把属于自己的个性慢慢保持下去。

没有人强迫你去接受他们的价值观，从而同化你。

这大概就是我最喜欢墨尔本的地方。

四

这些年看到了很多天灾，总是看着照片对着新闻一阵无力地感慨，总想着做些什么去帮助别人，可又什么都做不了。明明发生在很远的地方，却还是一阵揪心。总以为我们离生老病死还有很远的距离，可生活的残酷却一次次提醒我们生命的脆弱。

比起天灾，更让人难受的是人祸。这几年，我们失去了很多生命。很多人正在回家的路上，却没想到航班去了另一个地方。我们控诉，我们哀悼，我们比以往多做一些什么，我们比以往更愤怒，我们比以往更密切地关注每条信息。我们期待奇迹，却又没等来奇迹。

以前看电影《非诚勿扰》的时候，舒淇每次起飞前都会向葛优报平安。舒淇每次都发"起""落"，葛优则回"安""妥"。以前不明白这四个字有多大分量，现在才明白其实人生需要的不过就是这四个字：起、落、安、妥。

小时候，我们总以为世界是无比美好的。梦想这种东西，只要我们长大，就会实现。长大以后，我们发现原来生活是另外的样子。因为落差，我们觉得世界糟透了。然而，我觉得世界不是像人们所说的变得黑暗了，而是变得复杂了。

小时候，我们只能看到事物的一面，就以为世界无比简单。因为简单，所以美好。因为有家人的庇护，所以我们不必面对生活。然而，世界是这么复杂，它给你一点儿希望，又给你一点儿失望；它给你一些美好的事情，又让你看到它黑暗的一面。只是我们以前只关注了简单的一面，太想当然，所以当看到黑暗的一面时，我们就会被黑暗的一面吸引视线。

世界当然不是那么美好的，但也不是只有黑暗。总有人怨天尤人，但也有人过得很好，这两者共同存在于世界上。以前，我不明白为什么长大以后的世界和小时候完全不一样，进入社会以后又和学生时代不同。其实，世界一直都是这样，只是以前，有人为你阻挡了不堪的那一面。

如今，你已经长大了，你必须学着接受自己的束手无策和无能为力，你必须明白世界就是有不如你所想的一面，这一面一直存在。这个世界势利、虚荣，却又真诚、善良。如今，你要做的，就是变成像你父母那样的大人，用自己的力量把自己的优点和缺点全部接受，认识到自己可以做的，认识到自己无能为力的。然后，尽力做好正在做的事情，再像你的父母保护你那样去保护你想保护的每一个人。

很多人问我，我是怎么保持乐观的。很多时候我想说，我并不乐观，从某种程度上来说，我很悲观。我知道拥有就会有失去，有晴天就会有雨天，有天亮就一定有天黑。我只是学会了在拥有的时候用力抓紧，下雨的时候为自己打伞，天黑的时候开灯或者看部电影，冬天的时候给自己多加一点儿衣服。很多时候，自己的窘迫都是自己"作"出来的。

以前看到一句话，大意是"所有的时间都该好好浪费"。

能接吻就不要说话，能拥抱就不要吵架，能行动就不要发呆，能团聚就不要分离。好的东西不需要珍藏，今天能做的事不用等到明天。从今天起，答应自己的事就尽力做到，答应自己要去的地方就尽力抵达。世界太危险，时间就该浪费在美好的事物上。

愿每一个看到这里的人，在接下去的每一年里，都可以起落安妥。

☼

BGM：Dj Okawari *Peacock Romantic*

关于　时间

about

time

◉ 卢 思 浩 说 ◉

时间会帮你改变，即使你不愿意。

曾以为情绪稳定多无聊，轰轰烈烈才够味。酒逢知己说一万句话，喝到天亮才罢休。可现在身体受不了，通宵要缓两天，吃点儿冰的就拉肚子，想生气都没力气，到睡点只想躺下，像大招冷却的时间越来越长。

好好照顾自己，因为必须留住仅剩的热情，对朋友，对热爱，共勉。

"突然"眨眼已十年

⏮ ⏸ ⏭ ◁ ━━━━━━━━━━━━━━━━━━━━━━ ◁))

时间让我们每个人都走进了自己的河流。

说不上来是好是坏,但多多少少我们都更孤独了些。

这种孤独并不是文学作品中形而上学的孤独,而是在我们每个人琐碎的日常中的孤独。日子一久,也就习惯了。

一

我常常觉得自己过于迟钝了。

就好像我回过头来看 2009 年，才突然意识到这一年已经离我有 10 年之远了。

一旦意识到这一点，就再也无法回避 20 世纪 90 年代——也就是我出生的年代，竟然是 20 多年前的事儿了，1990 年距今都已经快 30 年了。

这种认知带来了落差，一时让我有些恍惚，仿佛坠入了一团迷雾中。30 年，在我的心目中本是一个无比漫长的跨度，就好像我觉得自己才刚刚步入 20 岁，可事实上 30 岁已近在眼前。

我母亲常跟我感叹一句，说她像我这么大的时候，已经组建起了家庭，有了我，工作也很稳定。我不知道她是否觉得我如今的生活不算稳定，或许在她心目中，只要我还在另一个城市漂泊，就永远算不上稳定。

可我很想告诉她，其实我们的生活早就稳定下来了。

朋友圈是固定的，像极了我们的歌单，即使偶尔会加入一些新的歌曲，可到头来翻来覆去听的也就那么几首。生活节奏也是固定的。以前时常莫名地热血，跟朋友聚会的时候一定喝多，喝到眼神蒙眬，喝到看世界都很美好。那还是热衷于出门的年纪，不管天气多热，不管有没有重要的事，只要有机会，就一定会出门。如今，我已经熬不动夜了，即便我依然钟爱黑夜。可事实上，一个人在家里看电影或者写作度过黑夜，和一群人出门蹦跶，热热闹闹地度过黑夜，完全是两个概念——所需要付出的精力截然不同。

以前的我断然想不到有一天需要对自己的身体如此小心翼翼，需要控制饮食，需要按时睡觉，需要研究各种补品和维生素。

你看，即使我认为 20 岁之后的 30 岁无比遥远，可其实时间从来没有慢下来等我们。

即使我自认为改变的不多，可一路上一直在自我修正。回过神来，自己并没有停留在原来的地方。

二

我不知道从什么时候起，对故乡的记忆就再也没有向前延展过。

我出生在一个江南的小镇，印象里是满天的繁星，是门前的一座小山，是不远处的一条河流。祖祖辈辈都生活在那儿，奶奶跟我说那条小河会流向大海。那时候，我经常跟奶奶坐车去市区。市区有一家新华书店，有四层楼，那是我小时候最爱去的地儿。新华书店坐落在步行街，步行街对面是一家电影院，电影院的五楼是一个台球厅。我的高中时代，就是在这些地方度过的。

这条步行街一直都在，即使翻新过，即使书店早已变了模样，可在我的记忆中，这就像一个坐标一样，是我每年都会去的地方。无论时间过了多久，我都能看到过去的影子。

可去年回到家乡，再去那个书店时，却发现意外地门庭冷落。我才知道在这座小城的另一个地方，开了一家大型购物中心，人们都聚集在那儿了。

那一瞬间，我才发觉，是自己过于固执。

我固执地把自己周遭的世界固定在一个范围，尽量不让时间去打扰它。可我又哪能让时间停住？改变早已渗透在我的方方面面。

就像我曾以为自己的朋友永远是那些，大家的生活就算再有差别，只要聚到一起，就还是跟从前一样。所谓的"友情"，就是能够打败时间的玩意儿。

可无奈的是，跟其中的一些好朋友聊不到现在的生活状况了。当然，我们依然是好朋友，最好的那种。无论他们出了什么事，我一定会在第一时间奔到他们身边的那种朋友。可我现在生活中的那些琐碎的难，或者是他们生活中那些琐碎的难，我们很难再互相分担了。

道理很简单，我们每个人的精力都投入在了自身所做的事情上，即使真心想互相理解，也因为没有真正地每时每刻关注朋友的生活而有所偏差。

时间让我们每个人都走进了自己的河流。

说不上来是好是坏，但多多少少我们都更孤独了些。

这种孤独并不是文学作品中形而上学的孤独，而是在我们每个人琐碎的日常中的孤独。日子一久，也就习惯了。

三

我跟身边的朋友聊起这样的感受，我说："我已经不太记得自己一年前、五年前、十年前到底是什么模样了。"

朋友比我稍长几岁，他说："不要说一年前了，三个月前我到底在经历着什么我都不太记得了。越长大，时间过得就越快，你的感受就越麻木，每天发生的小事都不会让你欣喜。"

"对于未来还有什么期待吗？"我问。

"不要比今天更糟糕就行。"他说。

这句话让我莫名地难过。

我其实也是一样，在自己的河流里越漂越远。因为多多少少经历过一些事情，所以也变得小心翼翼。旺盛的表达欲还在，但它藏得更深了。就像对爱情的向往也还在，但藏在了内心的深处。一点点动心往往很难把这种向往挖掘出来，得是某种巨大的刺激，像是被电流击中一样，才能够让整颗心蠢蠢欲动起来。

不像我们年轻时，只要是一点儿细微的事，或是别人的一个眼神，就足以让我们赴汤蹈火也在所不辞。前两天，跟朋友看了部爱情电影。据说很多人看这部电影时都哭了，我自然是一滴眼泪都没流，意外的是她也没有流一滴眼泪。

她的感受是，如今看这些东西，已经不足以让自己感动到泪流满面了。我想了想说，上次因为一部电影而哭，还是《寻梦环游记》。

生老病死的话题，似乎也不再那么遥远了，每次看这类的作品都会哭一次。该怎么说这种状态呢？就像是一个人趋于坚固，需要巨大的力量推动才能够触碰到内心一样。

四

时间大致就是这么一件不公平却也公平的事情。

不公平在于它让曾经的陪伴面目全非，它让你变得小心翼翼；公平在于它作用在每个人身上，无论性格如何、处境如何，每个人都变得小心翼翼。

前阵子写作时，突然在脑海里冒出了一句话：以前，生活在海的另一边，每天阳光万里；现在，生活是肩膀上的壳，日夜背负前行。

但左思右想，总觉得这个比喻差了点儿什么，可又想不出到底是什么。于是，我为了寻求灵感，重新看了一遍以前很爱的《老友记》和《灌篮高手》。等我回过神来，才发现我还是被它们感动了。

那么，时间是不是有无法改变的东西呢？

我想不明白。

明明回过神来看到的，都是那些被改变的，可为什么我总能察觉到一些没有改变的东西呢？

这些东西到底是什么呢？

直到今天坐在电脑前，看到二筒（我家的猫）的一瞬间，我才终于想明白了这些。

我们以为自己麻木了，以为自己冷漠了，以为自己不期待了，那是因为我们把所有的热忱、认真和期待都藏在了内心的更深处。

这个世界大而冷漠，我们只好这样做。这样能够规避掉很多风险，也能尽可能地不让自己受到伤害。但是，我们所有的坚硬——那坚固的壳，是为了保护我们心底的珍珠。

我们努力，我们创作，我们坚持，都是为了有一天能够让它重新散发光彩。如果能够牢记这一点，那等待和难过的情绪其实也没有什么大不了的。未必每天都有一些开心的事才算是认真地活过，在这个世界上坚守住自己的本心，就算是最认真的活法。

我想告诉你的是，我明白你的麻木，明白你藏起来的期待，明白你的小心翼翼，明白你的苦楚，明白你那细微又琐碎的困扰，但不要为之太过困扰，等待虽然漫长，但也不是什么过分可怕的事。

照顾好自己的身体，坚守住自己心底的原则，哪怕格格不入也没有关系。请你一定一定要保护好内心的珍珠，这是唯一重要的事。

别难过太久，窗外春风吹过夜晚，明天依然川流不息。

别担忧未来，昨夜星辰闪耀夜空，今天依然晴空万里。

即使转眼已 10 年，我也没有变成自己最讨厌的那种人。

仅此，便已足够。

望你也是如此。

☼

BGM: 周杰伦《七里香》

穿越时间奔向你

⏮ ⏸ ⏭ 🔉 ━━━━━━━━━━━━━━━━━━━━ 🔊

　　时间带走的，是那些不坚定的人，或者说带走了那些曾经以为自己坚定的人。

　　可这世上有人不信邪，偏要挑战时间。有人失败了，有人成功了。

　　希望我可以把他们的运气也分你一份。

一

我们五个小伙伴有一个微信群。

一天夜里，好兄弟老童给我们集体发了一条信息："我准备求婚了。"

我们一群人一拥而上，十分默契地给他出各种招儿，在凌晨 1:30 的时候，每个人都丢失了短暂的睡意，陪他一直说到天亮。

我们一路否定了二十几个方案，最后我说："其实盛大与否并不重要，重要的是你们觉得有意义。"几个好兄弟也都这么觉得，于是老童放弃了自己原有的所有方案，说了一句："我知道了。"

后来我们知道，他带圆圆回到了他们最初在一起的地方。那天晴空万里，云像风筝停留在空中，微风正好，吹过来是鲜花的味道。所有的鸟儿都在歌唱，所有的鲜花都盛开。他带着她走遍了每一个角落，给她拍了无数张照片，最后拿出他保存已久的相册。相册里是同一个地方、同一个人，是 10 年前的风景和 10 年前的她。照片叠在一起，产生了一种奇妙的化学反应，仿佛是一台小小的时光机，所有的回忆都回来了。

他拿出藏在手心的戒指，双手忍不住地颤抖。那一瞬间，世界只剩下他们两个人，不需要鲜花和掌声，不需要千军万马。圆圆边哭边说："10 年了，3650 个日日夜夜，我一秒钟都没有后悔过。"

这句话包含的重量老童一清二楚。

二

2009 年，我们高中毕业。毕业后最后一次集体回到班级，老师们也和我们在一起，算是一个简短的告别仪式。那天，圆圆其实没有什么心情，她数学不好，最后一道大题她连题目都没有搞明白。她一个人早早就到了，整个教室里除她以外没有一个人。她走到过道里，看着对面的高二学生，心里一阵说不出的滋味，她才明白这一刻自己有多么想回到从前。

高中三年，圆圆一直喜欢老童，而老童浑然不知。

也难怪，在高中时代，圆圆属于那种"人人都愿意跟她当朋友，但很少有人会想到跟她发展成情侣"的类型。这么说或许对不起她，但她的确有这么一种奇特的天赋。或许也是因为她隐藏得太好了，我们一个班级，天天一起又说又闹，也愣是没看出来她喜欢老童。所以，我们也都是后来才知道，她的日记本里写的是老童的名字，她最喜欢的就是换座位的时候可以离老童近一点儿。她其实一点儿都不喜欢篮球，她之所以能记住湖人队每一个队员的名字，都是因为老童喜欢。

可就是因为她伪装得太好了，我们还以为她天生是这样的性格。大大咧咧的，什么话都不放在心里，男生喜欢的东西她都懂，所以大家都把她当成一个很聊得来的朋友。

那时，我们哪知道，她根本就是把最重要的话都藏在了心底。

　　或许是命运使然——除此以外，我找不到任何理由。

　　那天，老童也早早到了。他一眼就看到了趴在栏杆上的圆圆，看着她的头发被风吹乱，可又不去整理。他敏感地意识到这个姑娘今天的气场是那种"不要跟我说话"的气场。

　　于是，他也趴到了栏杆上，跟圆圆保持着15米左右的距离。两个人像是被雕刻过的石像般，默契地看着同一片风景。

　　不知道过了多久，圆圆才意识到老童在不远处。她看着老童的模样，不知道他在想什么，想了想也没有去打招呼。

　　世界突然静止，就连风也静止不动了，直到其他人到来，才打破了这不失为美好的静止。感受到空气重新流动后，圆圆也整理好了心情，假装没事人一般跟所有人说笑起来。

　　那一瞬间，老童突然被击中了。

　　这就是他们故事的开端。

三

　　当天下午，所有人的兴致都很高涨，说要绕着学校拍照留念。我们几个小伙伴自然围在一起，老童酷爱摄影，承担起摄影师的职责。我们几个说说笑笑，全然没有意识到他们俩周边悄然产生的化学反应。也就是在这一天，老童拍下了许多圆圆的照片，但他没有告诉圆圆，只是自己把照片收了起来。

按理说故事应该没有后续，那是只属于那年夏天的特殊产物，因为空气里多了离别的气息，而我们又尚年轻，所以很多情感来得毫无缘由，结束得也悄无声息。

命运给这两个人继续搭了一座桥。

我们整个夏天都在一起厮混，免不了互诉衷肠，怕以后再也见不到面了。我已经在墨尔本待了半年多，包子准备去南京，老陈还不知道自己的未来在哪里。老童想去厦门，当他说出这句话的时候，圆圆沉默半晌，鬼使神差地说出一句："如果我能去厦门，我也去。"

我不知道她说这句话时的心情，但我知道我们几个人当场就起了哄。当然，我们都没往那方面想，只是用起哄的语气开他们的玩笑，也只以为是开玩笑而已。

老童当场就愣在原地，许久没有说话。我还以为他是纯粹在想关于未来的事，于是说："无论未来去哪儿，总还能再相遇，大不了我经常飞回来，放心啦。"

当我说完这句话的时候，包子提议去唱歌，打断了他们两个人的思绪。

唱歌那天，我们都在喝酒，老童坐在圆圆身边。喝到正酣时，开始煽情，负责这一部分的人自然是我。我说自己在墨尔本的时候有多想念这帮朋友，说自己写东西的时候都能想起每个人的脸。说着说着，包子突然滚到了地上，说我这话太矫情了，他受不了了。老陈在一旁笑得乐不可支，只有老童和圆圆两个人一动不动，重新变回了雕塑。

那种奇妙的化学反应再次出现，连我都察觉到了一分。

我拉起坐在地上的包子，和老陈一同坐到了另一边。他俩也感受到了这微妙的气氛变化。我们暗自琢磨是不是在我们不知情的时候发生了什么，老陈一边皱着眉头一边说"不会吧"，却也没有办法否定眼前空气里弥漫的气流。

我咽了一下口水，说："要不我们先回避半个小时，看看他俩会怎么样？"

我们一拍即合，三个人当即去了桌球馆。因为喝了点儿酒，玩得很开心，回去的时候已经快过去两个小时了。只见圆圆拿出了自己的日记本，对老童说着什么。老童的双眼瞪得很大，说话也支支吾吾："你……怎么从来没说过呢？"

"怎么说呢？你告诉我，作为一个女生要怎么说？"圆圆说。

四

夏天眨眼就要过去，时间总是这么不讲道理。

8月刚过一半，我就必须回墨尔本了，在机场跟所有人挥手告别。

8月底，老陈去了苏州，包子去了南京，转眼就都分道扬镳了。老童最终还是决定去厦门，圆圆说："我也去，等我。"

"我会一直等你。"老童说。

剩下的一整年，我们在另一个城市生活，唯有圆圆留了下来。她决定复读，她决心用自己的努力跨过高考这道天堑，穿越时间也要奔向老童。

2010年，圆圆终于考到了厦门。她跨过了那道横亘在他们面前的鸿沟，用自己一天天的努力跨了过去。我脑海里浮现出一道深渊，圆圆用自己的双手，一点一点地把这道看不见底的深渊填满，然后又假装轻松地走向厦门、走向老童。

支撑她的是老童拍下的照片，在他们离别的那天，老童把相册给了圆圆一份，说："其实，那一天我的眼里只有你。"

圆圆说："其实，在那一天之前的日日夜夜里，我的眼里早就容不下别人了。"

世界的色彩变成粉红色的泡沫，每个泡沫里都住着精灵。那一瞬间，她知道自己可以度过接下来的一年。她可以心无旁骛，可以一心一意，因为她的心早就有了归属。她做的这个决定，永远不会后悔。

时间飞速流转，到了今年的8月18日，他们大婚。

这期间，他们的感情跌跌撞撞，远比我所能描述的更细碎、繁复。可就像圆圆自己说的，她一秒钟都没有后悔过，只要心确定了方向，再多岔路又如何？她总能找到一个确切的方向——奔向老童的方向，幸运的是老童一直在等她。

后来，他们又掉转了一个方向。圆圆在等他的一句话，等他们下半辈子的开始。

幸运的是她等到了。虽然岁月漫长，但她知道老童一直在努力，为了他们如今能在上海安居而努力。

多好的一个故事啊。

可我的文笔依然写不出这美好的十分之一。

他们婚礼那天，老陈不由得感慨："真不容易啊。"

"是啊。"我说。

但其实所有的不容易，在他们两个人的心目中，一定也不是那么痛苦的。他们中的一个从未放弃努力，另一个从未失去方向。在他们的人生航道上，他们一直都是并肩同行。偶尔吵架，偶尔走散，但从来不会走远，其中的一个人一定会及时把另一个人带回自己的身旁。

这或许就是人们常说的"安全感"，因为有了这份安全感，所以他们从不抱怨。

时间带走的，是那些不坚定的人，或者说带走了那些曾经以为自己坚定的人。

可这世上有人不信邪，偏要挑战时间。有人失败了，有人成功了。

希望我可以把他们的运气也分你一份。

那天，我看着老童和圆圆，两个人都已经变成了十足的大人，一脸成熟，可我脑海里却浮现出 10 年前的他们。

"我也去，等我。"

"我会一直等你。"

故事的开端是从这句话开始的，故事的结局也是从这句话结束的。

那个瞬间，空气静止，世界都停转，只要一句话，就决定了他们从 10 年前走到 10 年后，甚至更远的未来，都会在一起。

☼

BGM：周杰伦《甜甜的 》

后来学会了扔

曾经想把所有东西都打包带走的我，最终还是不得不学会边走边丢弃，否则行走的步伐会很沉重，沉重到难以前行。曾经想与朋友互诉衷肠的话，那些藏在心里的话，最终还是学会自我消化，千言万语变成了沉默。说出来的感觉自然很好，可更害怕没人在听。

一

很久以前，经常搬家。

在上海的黄埔大桥边租了间屋子，住在六楼，没有电梯。楼道里的墙上贴着各种小广告，要不就是留着各种名目的电话。每到早上7点，小区门口就有个落魄大叔大喊大叫。我至今都没弄懂他叫喊的到底是什么，只是听说他两年前投资失败，妻离子散，受了刺激。

或许在所有人眼里，他已经精神失常了，我也只是一声长叹，剩下的时间都交给了耳机。

小区的后边是一条弄堂，傍晚就是这儿最热闹的时候。

小孩儿们放学回家，在路边一边奔跑，一边躲避来往的自行车，大人们聚在一起说着些什么。夕阳照着大地，是一种难以分享的惬意感。有时候，在家里待烦了，就出去随便走走，看看小巷里的人来人往，也算是跟世界建立某种联系。

那时候不会好好照顾自己，可乐喝完喝啤酒，写稿子的时候红牛一罐罐地喝。买的厨具没派上太大用场，做了几次饭之后就吃起了外卖。又因为生物钟混乱，常常丢失睡眠的我，热衷于吃夜宵。

如今想来，简直是天天旋转的日子。我常拉着窗帘，具体是几点都没有任何意义。自然常常生病，肠胃炎都得了好几次，如今落得一个脾胃虚弱的毛病，稍微吃一点儿就腹胀。

热爱生活始终不是一开始就能学会的事。

即使我布置好了家，即使我无数次暗下决心，要从此刻开始照顾好自己，可每到夜晚，反倒思绪活跃。因此，看到了许多发生在夜里的故事。朋友找我聊天，都在聊有关于生活的难。没有诗和远方，没有站台和旅行，有的只是生活不尽如人意的烦恼。

朋友说："生活糟糕起来，是很糟糕的。"

二

后来搬来北京，住在双井附近。

下定决心好好生活，买了大书桌，买了大酒柜，买了各式各样的厨具，在网上下载了好几份菜谱，第一时间找到了一家健身房。然而，还是回到了起点，生活习惯没有一点儿改变。

信誓旦旦地说要开始新生活，很容易变成日后自嘲的理由。比如搬家的时候总会奇怪，当时买这些东西干吗。我买的一堆健身器材，眼看着已经落满了灰。

不到半年，因为工作原因再次搬家。

搬家让我头疼，光书就难以搬走，好不容易打包好书和衣服，又要对着锅碗瓢盆发愁。那时候，什么东西都舍不得扔，热水壶、吹风机，甚至连枕头都想打包带走。有天夜里，看着满屋狼藉差点儿崩溃。说来好笑，很多事情都足以让人崩溃，可到头来让人想哭的，却都是这些小事。

忘记是在哪本书里看到的，或许是村上春树，也或许是太宰治的书里说："人生就像是行李，原本想轻装前行，回过神来行李箱里已经堆满了行李。"

因为堆积了太多行李，不知道应该如何前行了。

人人都很难跟过去说"再见"。

因为很难跟过去说"再见"，生活就变成了过去的堆砌。明天是昨天的延伸，那些糟糕的事总是存在。哪怕偶尔忘记了，过不了多久也会卷土重来。有时候，走在十字路口，你也想问问自己，那份简历到底还有没有投出去的必要，又或是为什么要住在一个人生地不熟，甚至在难过想喝酒的时候都找不到人的地方。

三

后来，学会了扔。

没有任何办法，只能扔。如果抑制不住当初想买的欲望，就得承受住丢弃时的不舍。

有双鞋穿了好几年，但已经没法穿了，往常可能会留着当作纪念，可搬家时想了想还是扔了。明信片留着，用过的笔都扔掉；当时觉得很好看的笔记本扔掉，那支很好看的笔留着；已经开不了机，屏幕碎裂、电池都掉出来的手机扔掉，已经不会再穿的衣服打包寄走。

曾经想把所有东西都打包带走的我，最终还是不得不学会边走边丢弃，否则行走的步伐会很沉重，沉重到难以前行。曾经想与朋友互诉衷肠的话，那些藏在心里的话，最终还是学会自我消化，千言万语变成了沉默。说出来的感觉自然很好，可更害怕没人在听。

偏偏没人在听这件事，在成人的世界里每天都在发生。

倾听和诉说，终究变成了某种奢侈的存在，变成只有跟好友在一起时才能够做的事。

那么，你或许也明白，好友终究没有那么多。大部分时间，我们都不得不默默地带着行李，独自上路，奔赴新家。

最终搬到了现在所住的地方。

三个月后，我才喊朋友来家里做客。他说："跟你以前住的地方比起来，有生活气味了。"

我其实并没有特别布置，当然装书柜也装得腰酸背疼，唯一有的进步大概是我不会再盲目地买那么多东西了。如果你下定决心好好生活，是没有必要买那么多装饰品的。等到想买的时候，自然就会买了。就像你有了那么多书之后，自然就会有个书柜了。

生活这东西，我至今不太明白，但好在明白了什么是自己喜欢的。听到好听的歌，喜欢；买了想读的书，喜欢；家里的猫很可爱，喜欢。其他的东西，慢慢来，总会布置起来的。

生活糟糕起来的时候是很糟糕的，朋友离开，爱情失意，梦想受挫，被鄙夷、被无视、被区别对待，又或者清晨起来突如其来的牙疼，都糟透了。

可好起来的时候，又是很好的。

比如，播放器在播放一首我喜欢的歌。又如，二筒现在就在我脚边。再如，绿植又发芽了。

那些宏大而又遥远的事，也不会更糟了，慢慢来。

☼

BGM：Coldplay *Viva La Vida*

她没有说出那一句

◄◄ ❚❚ ►►   ◄)━━━━━━━━━━━━━━━━━━━◄))

　　难过了互相吐槽，开心了互相分享，有时间就相聚，过年回到家乡一定要见面，一起醉倒。只要这样就好，诺诺想，好歹还能常见面，好歹醉倒的时候，她还能送他回家。

　　她不知不觉再次把自己的期待调低，她就是这么一个姑娘。

一

只要故事不开始，就不用害怕故事有结局。

曾经的诺诺是这么想的。

但她后来才明白，即使故事不开始，也会有结局。

二

诺诺曾经一个人到处旅行了一段时间。

多么奢侈，多么自由，我们都这么觉得，尤其是步入了成年社会，就连时间都很难是自己的。

有一天，她到了海边，眼前是看不到尽头的蓝色海洋，日落在海的另一边。黄昏的时候是最美的，一切都是朦朦胧胧的。她看着天边的云，觉得仿佛触手可及。风微微吹过，树叶发出美妙的声响，前方是几个小孩，他们在沙滩上肆意地玩耍，倒也不觉得吵闹。她沿着沙滩慢悠悠地向前走，走到了这片沙滩的尽头，眼前是一片绿意盎然，混合着夕阳的颜色，像是一块绚丽的画板。大自然这位伟大的画家点缀出了最美的画面。

她拿出手机想拍一张照，却瞥见了手机上兀自显示的日子。

得，横竖得回去了。她心想。

三

世界的另一端，闫诚正在紧锣密鼓地准备着自己的婚礼。

明天是他此生最重要的日子，他必须确保万无一失，所以即便今天他不需要出现在婚礼现场，他也盯着每一个环节。他不允许出错，因为他要给一个人最难以忘记的婚礼。

聪明的你，大概已经猜到了，这个人，不是诺诺。

他甚至不知道诺诺现在在哪里，但他还是掏出手机，给每个人再次发了电子请柬，嘱咐每个人都要到场。

所有的电波信号，可以按照它们设定的到达目的地。于是，在这个世界的很多城市，都有一个角落响起了手机提示声。唯独诺诺的没有，她开着飞行模式，但即使不需要提醒，她也知道明天是什么日子。

如果人类的心情和思绪可以是这样的电波信号就好了，她想。

她当然知道明天是什么日子。

是她要回去的日子，是她要去参加婚礼的日子，参加自己好朋友婚礼的日子。

她曾以为那场漫长的暗恋永远没有尽头。

四

诺诺和闫诚一同长大，是名副其实的青梅竹马。身边的朋友换了好几拨，他们却总是在一起。小小的城市能汇集的缘分大到难以解释，他们从小学到高中，居然都是同班同学。毕业后又约定上同一所大学，两个人自始至终都生活在同一座城市。

但小小的城市有时候也难以汇聚起这样的缘分，大概闫诚永远都不知道，是诺诺自己一点一点把随时可能会断的缘分拼了起来的。上初中的时候死活不搬家，上高中前拼命考上重点高中，又选择了自己不甚喜欢的理科，最终来到一个从未想过自己会来的城市——北京。

这期间，闫诚自然是谈过几次恋爱，但毫无疑问地都无疾而终。

这世上多的是人在这条路上马失前蹄、战死沙场。

诺诺一直陪着他，从诺诺7岁就陪着，转眼陪到了27岁。一起哭过无数次，一起醉倒无数次，可她又每次都最先清醒过来，收拾完残局，再默默地等着闫诚清醒到能够走路，陪他回家。

闫诚说过无数次"谢谢你"。

倒是诺诺先笑起来，说："这么多年朋友，有什么好谢的。"

两个人自然是有默契的，连对方不喜欢吃什么都一清二楚。我都很奇怪这样的两个人为什么不在一起？又是诺诺抢先一步回答："在我的心目中，我都没有把闫诚当成男孩子。"

闫诚总是晚一步，但也同样笑着说："说的好像你在我心目中是女生一样。"

后来喝多了，两个人勾肩搭背，可就是没法产生那种化学反应。两个人就像是兄弟，一边走，一边互相吐槽："你酒量怎么这么差？"

"得得得，下次换成你喝多了，我打死不陪你。"

"别啊，我错了。"

"叫爸爸。"

"爸爸，我错了。"

接着,她回头冲我们所有人笑:"你看,我们是父子,哈哈哈哈哈哈……"

这是他们俩之间的相处模式，奇怪的是我们都觉得这其中总有一丝不协调，可闫诚怎么也没能察觉出来。

五

在北京的日子，诺诺生生变成了一个女汉子。

刚来北京人生地不熟，两个人约好住近一点儿，这样好互相照应。可怎么也找不到合适的房子，北京的房租永远那么不合常理，所以两个人只能住在五环外，一栋看上去随时会倒塌的老居民楼里。

诺诺记得闫诚的雄心壮志，记得他从小就向往这座城市。

所以，她把他的志向当成自己的，什么困难都打不倒她。刚来北京的那两年，她需要各种应酬，永远保持着仪态，哪怕回到家吐得天昏地暗，哪怕第二天起来还得跟堵塞的马桶做斗争。一早上班了，就化好妆忍着胃疼提前到公司，从来不迟到，也从来不早退。

后来觉得自己的头发太碍事，洗头太浪费时间，二话没说剪了短发，雷厉风行，让人都难以跟她搭话。

那时候，她的眼睛里还有光。

那时候，闫诚的眼睛里也有光。

最先放弃的，是闫诚。有一天，他找到诺诺，告诉她自己可能要去上海了。

诺诺忘了自己是什么心情，忘了自己第一句回的话是什么，她只有一种感觉，那该死的缘分她再也接不上了。

她不可能放弃现在的工作跑去上海，重新出发。

她以为那场暗恋可以继续下去，她以为只要陪着他，他早晚有一天会发现，她甚至都没有意识到其实自己早就不期待了。以前希望可以在一起，以前还幻想着有一场婚礼，但不知不觉中，她所求的只是陪在他身边而已。

她希望可以就这么照顾他，希望可以每天都能见到他，希望以朋友的方式每日说话、吐槽。

她所希望的只是这些。

但是，那个人跟她说他要离开的时候，她连挽留的话都不会说。

是啊，她怎么会说呢？自始至终，她都假装风轻云淡，什么情绪都没有表达过。

所以，她伪装到底，最后轻轻打了闫诚一拳，说："去吧，要过得好。"

六

人们说，友情不会随着距离和时间变淡。

诺诺觉得，既然他们是最好的朋友，当然也符合这句话所描述的定理。

所以，两个人从来没有断了联系，依然以最好的朋友相处着。

难过了互相吐槽，开心了互相分享，有时间就相聚，过年回到家乡一定要见面，一起醉倒。只要这样就好，诺诺想，好歹还能常见面，好歹醉倒的时候，她还能送他回家。

她不知不觉再次把自己的期待调低，她就是这么一个姑娘。

也不是不会难过，偶尔听到《悄悄告诉她》这首歌的时候，她会想起上初三那年，她被班里几个女生合伙欺负，没有缘由地被孤立，是闫诚站出来为她辩护，是闫诚告诉她难过的时候戴上耳机就好了。她还能想起来，大一她被师哥劝酒的时候，是闫诚帮她挡下的。她都记得。一旦回忆开始泛滥，她还是会难过的。

可她就是能调整过来，她决不允许自己的心情被别人知道。

然后呢？

然后，闫诚在上海找到了自己的"真命天女"，第一时间打电话给诺诺报喜。

诺诺的脑海里像钻进了好几只苍蝇，她压根儿听不到电话那头的声音，只是呆在原地，忍着满脑子的"嗡嗡"声，说了一句"恭喜你啊"。

电话那头还在兴奋地说着，电话这一头的诺诺蹲在马路边，尽量不让自己的声音颤抖。

仅此而已。

地球继续自转，日落日升，白天醒来，她继续生活。

只不过内心缺了一块。

或许永远都得缺着。

七

婚礼上，诺诺盛装出席，我们都觉得她才像新娘。

这句话显然不合规矩，并且极为不礼貌，所以我们谁都没有说出口。

我问诺诺："为什么不说出来？就连我都看出来了。"

她带着无可奈何的笑容说："因为我太了解他了。"

这是哪门子道理，我被说得一头雾水，直到我看到她看向闫诚的眼神时，我才意识到闫诚从来没有用相同的眼神看过诺诺。

她曾以为故事只要不开始，就永远不会有结局。

可是，她错了。

有些故事不需要开始，你就知道永远不会有结局。

哪怕你在心里百转千回，他也永远不会知道。像是电波信号发给了一部对你开着飞行模式的手机，信息永远传达不到。

千言万语最终变成一句："祝你幸福。"

偏偏他也只能接收到这一句。

☼

BGM：林宥嘉《浪费》

父子之间的战争

⏮ ⏸ ⏭　　◀ ━━━━━━━━━━━━━━━━━━━━ ◀))

　　无论走向何方，无论身处何地，无论面对如何处境，父亲总是在你的身后，尽可能地分担你所承受的重担。或许很多时候已经力所不能及，不过只要想到这世上仍有这么一人，虽然不善言辞，但依然会真心实意地为你着想，这就能给予你足够的勇气和动力。

一

余华老师的散文集里有那么一句，大意是自从儿子懂事起，父亲就面临着一场战争。父亲永远是输家。等到儿子长大成人懂事以后，父子之间的战争就会悄然停止，变成了另一种跟时间之间的斗争。

我不知道自己的记忆是否准确，或许这句话也是我自己理解的意思，因为读到这句话的时候，我所能想到的都是自己的父亲。

说来奇怪，我自小身子骨弱，直到今天也依然常常生病。在学生时代，我几乎都是班里最瘦弱的那个人。好在我进了一个幸运的班级，也没怎么受欺负。这一点与我父亲截然相反，听他说在他年轻的时候，是班里最皮的人，没有之一。他自小身子强壮，干农活他冲在最前头，在班级里也自然是别人惹不起的对象。

而自我记事起，父亲的形象除了严厉以外，就是他那强壮的肌肉。

所以，我小时候永远不敢跟父亲起任何冲突。无论我怎么跟母亲要小性子，只要父亲回到家中，我总是乖乖听话。他说一不二，他指东我不敢向西。

可到了高中时代，出于一种普遍的叛逆心理，我觉得自己已经长大了，是时候跟父亲掰掰手腕了。从此，我俩的战争就一发不可收了。

具体表现在对任何事情的看法都不一样。

　　我自认自己的生活习惯只要不影响学习，他就不应该说什么；我自认学校里的事都是我自己的事，他不应该多插手；我自认交朋友的能力不错，他不应该对我的朋友指手画脚。我的人生是我自己的，不是他的。所以，我认为什么都是我自己的事，他只要说一句，我都觉得厌烦。后来，发展到哪怕我是错的，我也非要和他对着干。

　　有一次做作业，我弄错了一个字的读音，聒噪的"聒"，读音同"郭"，可我印象里它就是读"瓜"，而且这是一个不容辩驳的真理，所以当父亲提出我读错了之后，我连词典都不愿意查，就认为自己是对的。就因为这点儿小事，我们互相吼对方，谁都不认输。最后，母亲拿来了词典。即使我知道自己是错的，我也决不认错，态度就摆在那里，哪怕我父亲气势汹汹，我也决不能让步。

　　在我心目中，这就是战争，我一步都不后退。

　　道理什么的，都是没有用的东西，重要的是态度，是时候告诉他我早就不是小孩子了。

　　为此，我们冷战，就是为了这么一件小事，我们好多天没有说话。

　　父亲面对儿子，大概永远都是输家。

　　因为爱和包容，所以最先让步、最先和颜悦色说话的，永远是我的父亲。

我竟为此沾沾自喜。

二

我不知道自己是从什么时候开始懂事的，或许我永远都不懂事，但自从一个人开始生活之后，多少感受到了生活的重压，也就理解了父亲的压力。我难以想象父亲是如何一边承担起生活，一边还得为了我而头疼的。那时，我厌恶父亲的酒局，甚至厌恶他喝酒后靠近我一步，明明醉酒后他对我说的都是掏心窝的，原本会让每个做儿子的都开心的话。

可也正是在我一个人开始生活之后，父亲像是突然间就老了。

可能是我们的处境悄然发生了颠倒，这时候变成了我支撑起这个家的一部分了。

每次我写作完之后，出版一本书，父亲总是不说话，自己偷摸去买上几本。如果不是母亲告诉我，我压根儿不知道他会对我每本书的每句话都仔细阅读。

我难以想象健硕的父亲在深夜里戴着眼镜在台灯下，花上整晚读完我的书的模样。

也是因为写作这件事，我与父亲的战争画上了一个句号。

因为要写作，所以我决定来北京。父亲自小就希望我在家乡附近生活，我以前觉得是束缚，但我后来自然是明白了，他希望能够照顾我，哪怕是可以经常看到我，他也会觉得安心。

可那时我不懂，心里盘算着一万句要说服父亲的话，甚至做好了长期斗争的准备。或许家里会因为我俩的争吵闹得天翻地覆，但我已经下定了决心，哪怕鱼死网破，也要坚持到底。

可没有想到父亲听完我的慷慨陈词后，一言不发，抽了一根又一根烟，说："如果你决定好了，那就去闯。"

我觉得自己听错了，愣在了原地。

父亲又接着说："如果哪天觉得混不下去了，就回来，家人永远在。"

那一瞬间，我才明白，这场所谓的"斗争"根本不存在，是我一心为了证明自己，单方面发动的"侵略"。作为父亲，他早就无条件地投降了，最终只有一个目的，希望我过得好。

家人永远在。

意思是不要太过担忧，我是你强有力的后盾。

三

我之前写过："因为年岁增长的缘故，加上在外地漂泊，越发觉得自己跟家乡有距离。这种距离说不清、摸不着，可在回到家乡的时候，那种细碎的陌生感又扑面而来。这让我活在了一个悖论里，在外时会想回到家乡看看，可到了家乡没几天又待不住，非要去外面生活不可。"

我这点儿心思自然瞒不过父亲，他也不再劝我在家里多待几天，只是让我照顾好自己的身体，偷偷在我的行李箱里放上好几种保健品。等我回到北京，打开箱子觉得哭笑不得，一来我用不上那些，二来又深知他只是把他觉得最好的东西给了我。所以，我把这些药品一字排开，放在了柜子里。

印象里这类事情还发生过几次。

我在北京已生活了好几年，可他到底还是不放心。有一天，他和母亲突然说要来北京看我，第二天就来了。为了让自己看起来生活得不错，我偏要租辆车去接他们，把家也收拾得干干净净，再带他们去最好的餐厅，说第二天再带他们去好好玩。

可父母第二天就走了，临走时依然告诫我，要好好照顾身体。那神情似乎在告诉我，他们压根儿就不在意那些外在的物质，只担心我每天日夜颠倒。等到他们走后，得，发现父亲又偷偷留给了我一箱东西。

到头来，他真的成了我最强有力的后盾。

我不再与父亲斗争了，我们现在站在统一战线，所要抗争的是时间。

父亲在迈入 45 岁之后，就常常身体不好，小病不断。我常劝他注意身体，可他固执地觉得自己没问题。那一瞬间，我仿佛看到了自己，也是这么固执。

我自小觉得跟父亲毫无共同点，到头来我却能在我们身上看到无数重合的影子。

唯一后悔的是我自己在斗争中浑然不知，那种兴奋感让我忽略了这些，忽略了时间留下的痕迹。偏偏我跟母亲之间还能说上一些亲昵的话，可面对父亲，就说不出那些了。多半是自己都觉得肉麻、别扭，或许父亲也跟我有同样的想法。有些话不必说，也都知道彼此的心思，也都知道在为彼此着想。

大概这便是最重要的事了吧。

无论走向何方，无论身处何地，无论面对何种处境，父亲总是在你的身后，尽可能地分担你所承受的重担。或许很多时候已经力所不能及，不过只要想到这世上仍有这么一个人，虽然不善言辞，但依然会真心实意地为你着想，这就能给予你足够的勇气和动力。

所有父子之间都有一场战争，所有的父亲都是输家，可到头来儿子也成了输家。唯一赢的方式是尽力去达成和解。这需要时间，需要儿子慢慢长大，希望全天下的父亲都慢一点儿老去，希望我们都快快长大。

这是我写这篇文章最大的心愿。

☼

Bgm: 许飞《父亲写的散文诗》

我们终将学会分配时间

◀◀ ⏸ ▶▶ ◀━━━━━━━━━━━━━━━━━━━━━━━◀))

后来我才明白，朋友不一定能时时刻刻陪伴在你的身边，但你跟他们在一起，一定是舒服、自在的。你们就是一个小小星球，有你们特殊的频率。你说了上一句，他就能接下一句，别人可能压根儿听不懂你们在说什么，你们却在哈哈大笑。

这是属于你和你的老朋友之间的语言。

一

我的精力在某个时刻突然间消失了，像是一瓶水被钉子戳了个小洞口，等到回过神来，瓶里的水早就不见了。面对时间的咄咄逼人，我找不到最优解，只能眼睁睁地看着它一点点夺走属于我的东西。

"永远年轻，永远热血，永远热泪盈眶。"这原本是我视为真理的东西，可如今却觉得它更像是一个美好的祝愿。你知道，美好的祝愿通常是难以实现的，否则又怎么需要人们祝愿呢？

曾经的许多约定就像这句话一样，被时间撞碎，散落一地，就连碎片都被时间的河卷走了。像是一年一次的演唱会，我们要热泪盈眶；像是每年固定的聚会，不远万里也要时常见面；像是每次见面时都要挥洒青春，洋洋洒洒……诸如此类的约定，原本觉得是最容易实现的事，现在遥远得像在银河的另一侧。

在我的精力莫名消失之后，热情也随之远去了。

明知时光一去不复返，可还是固执地抓住时间，像是抓住手中的沙，沙子最终都消失在指缝。我曾经热爱的东西，曾经陪伴过的人，早已不知所踪。走在路上有一天回过神来，一眨眼只剩下自己一个人。以前很喜欢的包，什么时候丢了呢？以前最爱的歌，什么时候开始不再听了？

一天夜里，我苦苦追问自己，可得不到确切的答案。

最后，我不再问自己这些问题了。

二

我逐渐消失在朋友圈，消失在所有社交网络中。

以前无比想分享的事情，再也不去分享了。不是怕得不到回应，只不过失去了分享的兴致。有一天，看一部西班牙电影，电影从手机开始说起，人们说手机里藏着无数秘密。那个夜里，电影里的主人公提起无论发来什么信息都要一同分享。就此开始了腥风血雨，因为他们总是能收到一些信息，而这些信息里藏着不想让伴侣知道的信息。

看完电影的我，一边感叹着人心的复杂，一边又觉得可以跟朋友们一起玩这个游戏。

可包子直接泼了我冷水，他说："那电影里的东西压根儿就不真实，咱们现在凑在一起吃火锅，除了工作信息和广告短信，压根儿就不可能收到别人的信息。"

这句话让我愕然不已，可细细想来的确如此。如果我不主动跟别人聊天，或者说刨去有关工作的信息，我的手机的确没有任何的社交功能，自然也不可能留藏着什么秘密。

这时才突然回想起一件事。

那是很多年前，具体多少年前我居然都不记得了，只记得在一个 QQ 群说过如果有一天去喜马拉雅山，一定要给大家分享。我去年去了一趟喜马拉雅山，可就连朋友圈都没有发。我打开我们的 QQ 群，花了很长一段时间才找到这个群，上一次有人说话竟然是五年前。

而沉默这件事，竟然已经成了我们彼此的默契。

前阵子跟朋友聚会，聊起的话题也已不再热血，反倒朴实得无奈。

一个人说："我现在熬不动夜了，身体总是不舒服。"

另一个说："我以前啊，觉得自己的朋友会越来越多的。"

我也说："喝点儿小酒就好了，稍微喝一点儿，不然缓不回来。"

接着，我们开始分享最近看过的中医，给彼此分享有关于身体健康的小知识。

到了夜里 11 点多，再也不想继续下一场了，不再想去喝酒的场合，去听那震耳欲聋的音乐，去挥洒自己的热情和精力。那是属于比我们小上许多的人的权利，不是我们的。我们到点了哪怕不睡觉，也必须要舒舒服服地躺下，看一部电影都算是奢侈，生怕睡晚了影响第二天的状态。

"不醉不归，不到天亮不回家"这样的话，遥远得像是上个世纪说过的。

三

终将学会分配时间。

那些"热血泛滥"的日子，已经不再属于我了。人到了一定的年纪，想去认识新朋友都没有了力气，那简直比工作一整天还累。费尽心思去找话题这件事也不再愿意做了，更多的时候单纯地不想说话，宁可安静地待着。才明白不是以前遇到的每个人都是朋友，只是恰好我们都在话多的年纪，所有的情绪都需要分享，所有的事情都需要放大，这样才算活过。

当然算活过，而且我至今觉得那样的生活很好。

只是我的精力支撑不起了，所以我只能把这样的时刻留给我的老朋友。我仅剩的热情和热血，都只有在老朋友聚会的时候才能挤出一些来，其他时刻我只想留给自己。

我说不上来变成这样是好还是坏，但无能为力，我想我能做的，是在彻底没有力气之前，把所有的时间分配给我觉得重要的事情、重要的人。

这样的事情和这样的人，非得是自己喜欢的不可。

后来我才明白，朋友不一定能时时刻刻陪伴在你的身边，但你跟他们在一起，一定是舒服、自在的。你们就是一个小小星球，有你们特殊的频率。你说了上一句，他就能接下一句，别人可能压根儿听不懂你们在说什么，你们却在哈哈大笑。

这是属于你和你的老朋友之间的语言。

我们之所以一直焦虑不安，是因为从来没有找到属于自己的生活方式。

因为从没认真地跟自己相处过，所以拼命抓住每一个能填满生活的东西。于是，我们都用力过、拼命过、挣扎过、失去过。最后才承认，有些人从一开始就不对，因为太用力，反而离我们越来越远。

归根结底，我们内心本就应该是由自己去填满的。一个人直面世界不容易，但你终究要找到扎下根来的办法，哪怕一路孤独。

当你真的撑不下去的时候，跟那些老朋友说说话就好。

不要把他们带到自己的苦恼里来，他们也有各自的苦恼。倾诉也好，嬉闹也罢，他们都不是你的救命稻草。

你的路是你自己走的，你生命里的大雨只能你自己淋，但天黑的时候，朋友是愿意为你亮起灯的那些人。我愿意尽自己所能把你的生活照亮些，能不能走到最后，就看你自己啦。

四

好在有些人不用刻意维系关系，他们也时刻在你身旁。

时间教会我的，是把这些人从我的世界里筛选出来。时间做到的，是让这些人依然留在我的生命里。我没有理由，也绝对不会把这些东西都忘掉。哪怕我已经失去了大部分热情，对这些我也坚决不会放手。

读到这里的你也是。

我坚决不放手。

我放弃其他的事情，放弃一些不必要的聚会，放弃一些不必要的琐碎时间，放弃一些不必要的玩乐，都是为了做好这一件事情。

以前觉得自己要做一个很厉害的人，厉害的意思是指有用不完的精力，在所有场合都游刃有余。现在，我依然想做一个很厉害的人，但厉害的意思则是指知道什么是珍贵的，然后把仅剩的东西都留在这些东西上。

那是属于我的月光宝盒，只要打开，就能时空倒转，就能短暂地感受到温柔和善意。

为了这一点，我愿意拼尽全力。

即便我早就没有那么多力气了。

写在《愿有人陪你颠沛流离》增补章节最后一段。

谢谢你，用你的方式陪我走过这么多年。

祝你早安、午安、晚安。

我会燃尽我的热情，继续写下去。

期待在下一本书里与你相遇。

爱你们。

☼

BGM：五月天《后青春期的诗》

◉ 我心中尚未崩坏的地方

庄家丰_ RYON： 梦想与现实之间的那段差距，叫作行动。

委鬼钰斤欠： 外婆走了以后，我明白的最大的道理就是，爱我的人不一定等得起我。所以，要及时把爱告诉他们。我只希望自己以后每一个小小的成功、每一次小小的进步、每一则精彩的故事，都可以和你们一起分享。我辛苦奋斗来的，也绝不对你们吝啬。因为爱你们，因为不想留遗憾，因为我想让你们都参与我的生活。

三寸日光_遇见： 希望自己能够一直温柔地对待自己，不强求，也不放弃。

刘蔓贤－： 原来真觉得有些人可以陪你很久，可以一直宠爱你，可是一切都会随着时间的改变而改变。就算是父母，就算是爱人，每个人都那么忙，有太多事情无能为力。我们能做的不过就是努力做好自己，做到问心无愧，再努力地给别人温暖。

yellow 下个梦是 tvb 和白举纲：两年前，我上大二，我的梦想是毕业时法学院光荣榜上有我的名字；一年前，我上大三，我的梦想是去"港中大"读书；今年，我大四毕业，我之前的梦想全实现了。大三那年很辛苦，但是得到我一直梦想的回报我觉得很值得。自己要什么，只要努力争取过，将来即使不会成功，我也不会后悔。

有态度的大蓉蓉：梦想就是 10 多年前想做老师的小女孩儿在读着师范专业，我觉得这是自己在 20 年的生活中做得最牛 × 的事。

super 白浅浅：以前觉得背负梦想背井离乡叫牛 ×，现在发现梦想中没有父母的身影叫傻 ×。路走再远，也要回家。

奥狸奥：我的梦想，就是有一份安定却不无聊的工作，朝九晚五，能从工作中获得成就感。还有一个小爱人，疼我、爱我如昔。生活如此艰难，两个人在大大的世界，有微小却深刻的幸福。

王小白 Dominic 想做一只 koala：曾经以为努力就可以得到生活里想要的一切，但是现实不断地在教育我，每个人都有每个人的极限。当我开始趋于相信命运的时刻，我发现，其实生活总在给我惊喜。所以，我依然爱它，纵然它不是我最初期盼的模样，而我相信其实这也是我看似无用的努力带来的。

我是男神杨的牛粑鱼 21：考大学时想的是管理类专业，却被征集志愿，被迫填了从未考虑过的俄语专业。现在在一个三线城市的普通一本学俄语，作为交换生出国的机会为零，每天的学习程度和高三没差别。有过抱怨，但是更多的是憧憬。语言永远是最好的工具，在这条路上天道酬勤是真理。

所有的深爱都已是秘密：我想有一份自己的力量，足以托起自己世界的重量，满足自己小小的骄傲，和这世界温暖相拥。看着、走着，难以定论自己一成不变什么，却希望一路感受生命的真实，活得精彩。

FanFan 思远：有时候觉得，人与人之间的缘分真的很奇妙。有些人素未谋面却像多年的老友，从未生活在一起却有相似的价值观而显得格外合拍。或许因为彼此都有对梦想的执着，才会让两个刚刚相识的人在这冷漠的世界距离瞬间拉近，并心生温暖。有些路虽然难走，但你从来都不是一个人。给所有有梦想并上路的人点个赞。

大白要当学霸：平平淡淡，陪陪爸妈、陪陪豆豆，也不放弃自己的理想，努力让自己过得充实。

李家有女叫三土：生活就是学会不断地接受，接受亲友的离开、接受现实的残酷、接受他人的批判、接受梦想的破灭。在这样的接受中成长，在这样的接受中生活，在这样的接受中学会接受。

追风筝的狮子：多年后的我回头看自己，是被现实磨平了棱角吧？那时候的梦想变了吗？你快乐吗？去做自己喜欢的事了吗？成为自己想成为的人了吗？也许我会数落自己的轻狂和无知吧？也许会为了多年后的自己感到骄傲吧？因为不知道未来会变成什么样，而又不希望它太糟糕，所以活在当下,努力成为自己喜欢的人,不会日后懊悔。

强乐的 libby: 随着年龄的增长,梦想也慢慢地被繁忙的生活扰乱,但是我们之所以到现在这个尴尬的年纪还在谈论梦想,无非就是为了让自己变成自己看得起的人。然后用我们小小的虚荣心,去给我们认为是傻偏的人,讲述我们看似苦 × 却乐在其中的故事。Yeah,因为我们是过来人。

朔城的倔强人生: 亲爱的少年,永远都不要放弃自己的梦想。就算那梦想遥不可及,就算别人冷嘲热讽认为你是痴人说梦,就算你为它付出了所有汗水却看不到希望,就算你觉得前方一片黑暗看不到光亮,你都不要放弃。只需要努力努力再努力。那份强大到就算毁灭一切都打不倒的少年热血,请坚持下去。

孤独的逗逼: 关于梦想的坚持,我仍旧保持着怀疑的态度。我上大三,有一个叫岩狗的逗 × 损友,有一个在武汉念书的妹妹,有 1500 元的生活费,有梦想。10 年后,我会有家庭,会有要赡养的父母,会有更多的责任,那时或许我不会坚持梦想了,又或许我的梦想就是我的家庭了。但我不会嘲笑那时的我,就像我不会嘲笑过去的我一样。

言盛景叙深情 _ 冉冉: 每天起得比鸡早、睡得比狗晚的日子真的很难熬,但梦想又怎么可以只是在梦里想想?为了像你说的那样依靠自己的力量平稳地站在大地上,为了不要一辈子只能隔着屏幕看男神,为了一路走过、惺惺相惜的人。最难的是拼死坚守,最易的是随波逐流,只愿我们都能被这个世界温柔以待。

空欢喜 May： 生活感悟对我一个刚过 20 岁的人来说，有时候说出来会变成特别矫情的事情，这是个做什么都在看别人眼光的时代。我们嘴上都说想成为特别的，我们最后可能都是最平庸的。我们很少抱怨自己，我们总是责怪别人。其实，我们并不会生活，所以买了一大堆教科书，可是我们最后可能都不知道自己到底想要什么。

DxChris： 当你喜欢上一个人，而他也别扭地回应着你，请不要轻易惊动你们的暧昧，最微妙的关系莫过于一个打死不说、一个打死不认。比如她试开了你的手机密码却装 × 一遍遍再试，比如你去机场接她的前一夜把车里装满了周杰伦的歌。

cry_ 阿水： 我之所以没有放弃梦想，不是因为我坚信我最终会走到彼岸，而是因为我清楚，我还没有强大到可以丢下它独自前行。它虽然不能扶持我，但至少可以让我知道，我想去的地方有多美好。只有前行，才可以近一点儿，再近一点儿，才有勇气面对我的人生，才知道自己是多么幸运，拥有今天的所有侥幸。

悠悠的天兵妈咪： 想起毕业前夕老师总让我们做个五年规划，规划自己的未来，定下目标并努力地一步步去实现它！今年正是我毕业的第五年，如今我已婚，做着一份与专业无关的工作，朝九晚五，当年的梦想已离我越来越远。想起某个电影片段：一个被生活所迫、"压力山大"的父亲说，我的梦想都被珍藏在抽屉里，夜深人静时再细细回味。

王亚亮基层篮球老师： 发现很多朋友都写得特别文艺范儿，可能是受您的影响吧。我的梦想也一直在坚持，只不过从刚开始的高调奋进，现在年龄大了，变成了默默地踏实前进。把梦想说得具体点儿，个人认为限制潜力，自己认为内心深处最想追逐的那个感觉，就是我的目标，也是我的潜力！奋斗！梦想不止！

不二|心：梦想是奢侈品。人偶尔也需要奢侈几次，我是梦想的实践者。

放弃远比坚持痛苦的多朱小猪：高考完败；读雅思准备出国，失败。去了一个不可想象的大专，熬出了我人生中最早的白头发，整个家几乎崩溃。后来要转本，自己报班，爸妈陪我租房复习，转去南京。现在准备考雅思，拖了三年是时候了，也去江苏电视台实习了。梦想就是你一定死活都要挣扎着去看看它是什么样子。大不了从头再来，没死呢，怕什么？

蝎子的沉沦地带：现在已是凌晨 3 点，一个人在实验室努力写文章，纯粹是为了向师兄证明我就是我们这一级里最优秀的。如果你无法为了梦想改变环境，那么就改变自己。折腾自己总比折腾别人来得自然，而这就是我目前所理解的生活。

滴答滴的小雨：梦想就是，当身边的人对你的追求不理解、不宽容、不屑时，对你冷嘲热讽时，以救世主的姿态告诉你社会很现实时，笑你太傻、太天真时，甚至用"我这是为你好"堵得你哑口无言时，你笑着对自己说："即便如此，我也该为自己心中所求坚持一会儿，再坚持一会儿。不为其他，只为将来回首来路，不是一步遗憾，步步遗憾。"

Miffy 喜欢草莓味糖糖：渐渐地发现，现在认识的人越来越多，而能称为朋友的却依然还是那几个。并不是大家都变得虚伪了，也许是每个人都变得胆小了，害怕去相信，害怕去付出。我总是说我最大的幸福就是我爱的人都幸福，所以我必须更努力，然后有能力保护每一个我爱的人。

W同学不想写Java作业：一个人跑到广东上大学，第一个寒假上了口译课，大年三十拖着拉杆箱在街上漫无目的地走着，晚上坐在珠江的石凳上吹风，打电话给家里报平安。"囡囡，晚上有吃好吃的吗？""有啊，和同学出去吃了。不用担心，新年快乐……"挂掉电话，看着屏幕的光一点点暗下去，然后拿纸巾擦了擦，继续吹风。

后知后觉的WHY："我最辉煌的时候，就是现在了。"愿你如智者一般去选择，如愚者一般去努力，如当局者一般去快乐、去痛苦、去感受点滴情绪，而最终如旁观者一般去看待、去承认、去接纳青春百态。

crackerjack宁桓宇：从家人都要放弃的叛逆男孩，到专业第一。2013年夏天，这个单纯、善良、真实的人走进了我的生命，让封闭半年的我努力迈向新生活。一年了，我成为护士，他成为小有名气的明星。或许他现在并没有到家喻户晓的程度，也不管要一年、两年还是更久，我都会一直陪伴，因为他说会很努力，让我们以后提起他时满脸骄傲。未来的路一起加油！

小肉包心中还有个尚未崩坏的地方：有人说啊，为什么要追一个永远都到不了的梦呢？可是，就是因为那个梦追不到，所以才会想努力向前跑，因为靠近一点点就会觉得很温暖。我追梦，你笑我徒劳，而我一个人在路上，走完的四季，却是你永远都体会不到的风景。所以，晚安的话总是留给自己。

Ryan ﹏ Won：我突然间发现，自己越脚踏实地地站在这个大地上，心中就越没有迷茫。可能是当一切对生活的冲动和那些励志的话语都化为自己生命中每一个细胞时，你会觉得你遇到的一切事物和人都是很有意义的。

丹小妞每天都要充满正能量：关于爱情：今年 23 岁，却没有谈过一场正式的恋爱。可能有时会难过，长相普通，性格又不好，但我相信那个人一定会出现。关于梦想：两次高考都没有考好，还有一年就毕业了，希望顺利毕业，希望事业有成。关于自己：过去做错了一些事情，我一定会改正。关于性格：朋友说不用改，改了就不是自己了。

爱灰灰的大猩猩：好像什么都能迁就，又好像什么都不能忍受；好像什么都很在乎，又好像对什么都十分冷漠；好像很愧疚，又好像没心没肺、心安理得；好像很想说话、很想喋喋不休当个话痨，又好像无话可说、无话想说，像个哑巴；好像很想哭，又好像恨不得笑出来。人，真奇怪。

不二家的小天：大三那年，决定考研。每天早上爬起来就是去教室，一直到晚上 10:30 才回宿舍，收拾收拾倒头就能睡着。记得 12 月 31 日的晚上，因为宿舍不关门，所以到 11:40 才回宿舍。当时不敢一个人走，特意叫了个男生陪我。我们边走边感慨这一年的不容易，互相鼓励一起加油。现在想想，那段日子是大学四年最珍贵的回忆。

是木目：已经开始羞于提梦想了，那好像只存在于年轻时的梦里，不知所起却快要终结。谁知道终结一个缥缈的，开始一个踏实的，或许是最好的事。现在只想做好我的工作，爱好我的爱人，过得快乐、充实。

Seeing--W: 22 岁了，我以为自己再也不能幼稚地做梦了，后来才发现，梦才刚刚开始，它需要许多行动和更多努力去灌溉才能开出灿烂的花。人生没有彩排，每天都是现场直播。我希望我能一直拥有倔强的因子、不妥协的心，相信希望、相信爱，演出一场充满惊喜的生活喜剧。

眛眛_时線 TimeLine: 其实一直觉得"梦想"是个很沉重的词语，它承载了不少东西。关于梦想最重要的就是坚持吧? 如果梦想是一个在你觉得撑不下去的时候能让你死命撑过去的东西，那就去选择它，并相信它。它总会带给你觉得与别人不一样的人生和只属于自己的成就感。

再睡就成猪了: 目前大四，现在的想法就是毕业后的这三年把注会（注册会计师）和雅思考了，再去读研，充实一下自己。好像说不出来什么感悟，只觉得每次把自己列在小本子上的计划一项一项画掉，那种感觉真的很棒。希望几年后的我看到这段文字时，已经完成这些计划了。

山千惠: 其实，这整整 24 年对于她来说除了为我操心，其余都是空白的，是我欠她的时光。有一夜，我在异乡的车站等候末班车，忽然雨水就"哗啦哗啦"地往下落。那一刻，我读懂了她寂寞无私的爱。她的一句"人早晚都会死"把所有遗憾和无奈都归咎于我自己。而我用一辈子时间恐难补偿，只愿她安康。

蒋茜茜不是蒋茜茜: 20 岁，一个不知道往哪里看的年纪。有太多迷茫、太多不安，不知道未来会是怎样。而我只有选择等待！也许有些事情真的就是命中注定。生活还是如此残忍。面对即将跨出学校大门的我们，面对一切新事物，又会是怎样的呢？太多的不安、害怕，唯一能选择的就是面对。谁也不知道下一秒会发生什么。

MoliviATch: 你觉得别人很牛×，于是你循着前人的脚步想创造一样的奇迹、辉煌，比之逊色一些也无妨。你不知道的是，当你存在这样的想法时，你已经不可能成为最真实的自己了，不可能获得幸福。你在盲目地朝着别人的方向走你的路、过你的人生。晚一些找到自己想走的路并不可惜，可怕的是，你从头至尾，都不认识你自己。

想拥抱那假装犯二张口笑的陈信宏： 就像你说的那样，准备考研的那段时间，早起晚归每天过着寝室—自习室两点一线的生活。很多时候都觉得很累，但是看到前面的目标还是觉得很有动力——虽然最后还是调剂了一个学校，但想起那段时光还是觉得很值得。可是现在，突然不知道该干吗了，不知道能做什么了，好像再也没有什么可以让自己再义无反顾一次了。

大羊羊要瘦瘦瘦瘦瘦： 22岁，跨考翻译，放弃考研调剂的学校，决定再来一年。他们说女生的青春很重要，不要浪费；他们说女孩子在外面打拼不如回家；他们说女生要那么高的学历干吗。那么，就对他们笑笑，让他们放心，这些，我当然懂。然后咬咬牙，继续朝着自己认定的方向义无反顾地走下去。22岁，能继续为梦想奋斗，感觉棒极了。

我叫巨能拖： 24 岁的现在，每一种经历都值得被珍惜。把年少的梦想分割成一个个小小的梦想，从现实出发，付出努力让它们落到实地。年月累积出年少的那个梦想，初心未改。

楊小璐璐璐璐： 其实，有点儿羡慕那几个人。至少，他们认定了一个人，便是永远。至少，他们小吵小闹过去了还是很好。而我们，都想面面俱到。

熟者： 牙膏没了，就丢了；衣服脏了，就洗了；头发长了，就剪了。其实，当一句话说完后，并没有马上这么去做。几天过后，你会发现，空空的牙膏盒子还在，换洗的衣服依旧未洗，披散的头发还是很长。这只不过是我们一直在等待去做某一件事的日子而已。

Kaaaye_Shhhen： 今年 25 岁，几年之后，即便还是一个人，或者不是一个人，我希望听到别人说沈嘉怡现在过得真好。

往前一步是幸福宝贝： 在国外这两年，经历了无数意料之外。每一次过后，都会对自己说："看看，不是都过去了吗？"既然选择了努力生活，就要忘了身后的唏嘘和掌声。

miss 箬溪： 活了 20 来年，终于愿意承认自己一点儿也不聪明，做不到一边玩游戏一边考出好成绩，不能一边致力于社团活动一边拿奖学金，没办法同时对几件事得心应手、游刃有余。开始意识到这个真令我沮丧啊，可是那能怎么办呢？我只能认定一条路摸黑走到底。后来发现这也没什么不好，少了东张西望，所剩的路会走得更加笃定。

ss 思敏－：以前觉得自己拥有的梦想都太遥远了，远得在梦里都看不真切，总是觉得所有的努力都是徒劳，拼了命地想向前跑却依旧在原地踏步，所以就不愿再付出分毫。然后，突然发现一直在背后支持我的父母，即使再累、再苦，也从未想过放弃。顿时明白不管梦想有多远，都应该竭尽全力努力一次，只为了那些爱你的人。

王 xiao 呆：现实中的身份和责任告诉我要在那个年纪干该干的事、做大家都做的事，遵循着所谓"正常的轨迹"。我也一样做了普通的孩子，我知道我心中还有力量，还在期盼自己改变。走过 25 年的路，我知道，该做的事一定要做，自己的梦想也一定要由自己去实现。梦是美丽的心碎，只有实现了才是有意义的果实。

cady 沈：今年本命年，人生的第一个 12 年在父母的庇护下肆意、快乐地成长。第二个 12 年在经历中考、高考、大学、毕业、进入社会、参加工作后总觉得自己成长有余，成熟不足。下一个 12 年，我希望自己勇敢地去经历，并在种种经历中有所获得与积累。当我 36 岁再回望此时的自己时，她可以很骄傲地说："嗯，我的确变成了更好的自己！"

_ Xxxuue：我愿终日想念我一路走来的昨天，用今后的日子做更好的自己。因为热爱，所以坚持。热泪盈眶，永远的 22 岁。

黑暗里的曙光 LX：生活，最难的，无非八个字——顺其自然，随遇而安。

喵喵眯哑：说实话，越来越觉得"梦想"这个词特缥缈。年纪越大就越现实，姑且脚踏实地地走好眼前的每一步，以防在未知的某一天失足跌倒。我觉得这是对自己最负责的态度，俗称稳妥的梦想。

一骑倾尘： 10 年前，16 岁，相信这个世界所有的美好，对未来有无尽的期许。现在，26 岁，见到、经历过现实中的很多不美好，开始认真对待每一个当下，学会珍惜还在身边的人，仍在为理想坚持。10 年后，36 岁，希望能变成自己喜欢的样子，能够骄傲地跟自己说："我没有辜负 10 年前的你。"

xln-an： 看到好多书上都说要把欲望清单列出来，但我每次静下来，拿着笔和空白纸想认真写下的时候就觉得，每个年龄都有每个年龄想做的事情，经历的东西不同，欲望就会不一样。更何况，我是天马行空的白羊座，所以每次到最后纸上都是空白。后来觉得，顺其自然才最好，坚定的目标不是写出来的，它一直都在心里提醒着自己。

旅行的小王子： 之前看到一句话，说活到 26 岁就死掉。现在我 24 岁了，但是我并不想死。可是，上帝却给我下了通知书。通知书上写着我如果不治疗的话，会在三四年的时间里死去。现在已经过去快两年了，我决定这几天开始接受治疗。我希望 10 年之后我还能看到这段话，不仅仅是 10 年后、20 年后，或者是我痊愈的那天。我等着。

牛 × 闪闪的云淡风轻： 就像你说的那样，对于未来很迷茫，也就说明未来有无限的可能。三年前或者更久之前，我没有珍惜自己，所以现在才拼命地努力。我最大的优点就是知道自己想要什么，我会努力，我会变成那个未来遇见的美好的自己，也会做到未来的自己一定会感激现在美好的自己。我知道，如果自己不努力，没有人能给你想要的未来。

HyperChuuuuu：以前，我有过很多所谓的"梦想"，但是从来不为梦想做出努力，所以常常只有失落。现在，我有很多简单、细小的想法，但我会为它们做出行动。在我觉得想放弃的时候，觉得自己很努力的时候，总有人比我更努力。如果我有想坚持的事情，那我就没有不努力的理由。不要总觉得梦想放弃了你，很多时候是你不愿意为它坚持。

莫忆小窝：昨晚还在想再过两天就 27 岁了，若是要许愿会许什么。愿家人身体健康，愿宝宝健康、快乐地成长。这两年经历了家人的身体病痛、宝宝的降临，现只愿未来的生活平平淡淡，健康就好。

楚叻个姗："希望你过得比我好。"我们都希望对方能过得比自己好，可是大多时候，我们太专注于对方过得好不好，而忽略了自己也是被祝福的。某些人是某段时光的全部回忆，我希望接下来的时光记忆，除你之外，也同样温暖、安心，过得很好。

Finallyonce：我一直相信，有那样一种固执的相信和等待，可以冲破所有的藩篱，跨越未知的障碍。像两颗遥遥相对的恒星一样，在漫长的人生境遇中终于相互交会，变成彼此轨道上融为一体的光芒。不过，不管结局如何，我从未后悔和你遇见过。

小草 2012223：生活就是要不断地给自己甩巴掌，你越觉得痛，就越努力，越努力，就越幸运，越幸运，日子才会过得越好。梦想就像漂在海里的帆船，你努力地靠近它，看似近了，却远得够不着；当你觉得遥不可及的时候，它却又在你的前方向你招手了。你努力靠近才能有抓住梦想的一天，你不努力就永远不知道赢过梦想的滋味。

安心 navy：15 岁确定梦想是参军，20 岁在大学保留学籍参军入伍。那时的实现梦想，可能只是对懵懂青春激情的兑现。22 岁离开部队，之后读研。今年 25 岁，在决定一生去向时，仍然对军装魂牵梦萦，没有想到那个幼时的渴望会成为一生的归属。梦想是，你若不忘，必有回响。

---Gardenia---：青春期的时候一直都想锋芒毕露，自己一点儿优点都想无限放大给别人看。现在马上要上大三了，觉得随遇而安，对身边的人宽容点儿，爱父母、爱朋友，多给别人机会，对别人报以微笑才是重要的。更希望自己能在如此现实的社会中，能像此时手上的指甲油的颜色一样鲜红地活下去。

Stacey _ 雅雅：你总是羡慕别人光鲜靓丽的样子，却从未注意到别人落魄时硬着头皮撑下去的时候。你可以对别人的成功嗤之以鼻，但更应该想想别人在你看不见的地方付出的汗水和努力，并问问自己是否可以做到这般成功。所以，我今天能做的只有默默地坚持，我相信今天的隐忍都会使我日后更加瞩目。

bonnieren：飞机上那些误机的空座，酒店里那些客人未到的空房，考场上那些缺考的空位，人生中那些半途而废的放弃，岁月中那些不堪被浪费的时光，有多少答应过自己却没能做到的约定？从这一刻起，这一切，我通通不想再失去。有多远，我就会坚定地走多远。你好，2014，希望现在不算晚，也不算完。

丘淑紫 Suzy：给未来的自己。现在的我 21 岁，还有 68 天就要结束实习工作，我知道自己的下一份工作不会是现在的工作，但我不知道我下一份工作会做什么。我不迷茫，因为未来的我依旧可以用心孝顺父母、照顾自己。丘梳子，愿 69 天后的那个你，会努力踏实、认真向上。努力地做着你喜欢的工作，会微笑乐观、积极向上、平和地过着你喜欢的生活。

◉ 后序

这本书就这样写完了，想着再过不久就会到你们的手里，觉得特别感激。我从来没有想过有一天，会有人愿意听我说话，是你们让我发现自己有着这样的力量。

我总是想成长得快些，再快些，却又总是磕磕绊绊；说要放弃，可转过头就又咬着牙坚持了下来。不是什么天才，没什么惊世骇俗的本事，有的只是自己才知道的一些坚持。我想你也一样。能做自己喜欢的事，就是我全部的本事了，所以只有这件事，绝对不能放弃。

其中一篇叫《愿我们都被这个世界温柔地爱过》，是想把这个文章做成一个系列，想在很久以后看看自己是否还能保持一颗温柔的心。成长不是变得越来越现实，而是变得越来越能够接受现实了。

一直以来，觉得每个人都该有他自己的声音，属于他自己的想法，所以每次都会在书的最后征集一些大家的话，想让大家参与进来。每次筛选的过程都很挣扎，恨不得把每个人的话都放进来。每个人的话我都有看到，每个人都在以自己的方式发着光。

最后这部分的名字源于我很喜欢的一首歌——《我心中尚未崩坏的地方》。每个人心中都一定有一个尚未崩坏的地方，即使遭遇再多挫折，你也不会把这个地方舍弃；即使不为人知，也依旧倔强。我们都一样。

坚持到底的事情才有意义，能用自己的力量在这个世界上站稳的人都是勇敢的人。我想，我们最终都会成为这样的人。

Cheers，干杯。

───────── **作 者 简 介** ─────────

　　如果你愿意，记住我的名字，我叫卢思浩。是个幼稚鬼，是个做大梦的傻子，是个笃信自己未来的人，是个能为一点儿微小的事情开心一整天的人，是个能在城市里迷路的路痴，是个妄想留住时间，跟时间赛跑的人，是个熬夜控，是个妄想用不多的文字照亮这个孤单宇宙的人，是个喜欢先说大话然后去拼命实现它的傻瓜。

　　微博 @ 卢思浩：http://www.weibo.com/u/1662194560

　　个人主页：http://www.renren.com/270597316/profile

　　公共主页：http://page.renren.com/600745479/index

愿 有 人 陪 你 颠 沛 流 离

图书在版编目（CIP）数据

愿有人陪你颠沛流离 / 卢思浩著. — 北京：北京
联合出版公司, 2019.10（2023.7重印）
ISBN 978-7-5596-3738-3

Ⅰ.①愿… Ⅱ.①卢… Ⅲ.①散文集－中国－当代
Ⅳ.①I267

中国版本图书馆CIP数据核字(2019)第204234号

愿有人陪你颠沛流离

作　　者：卢思浩
责任编辑：龚　将　夏应鹏
封面设计：闫薇薇

北京联合出版公司出版
（北京市西城区德外大街83号楼9层　100088）
北京盛通印刷股份有限公司印刷　新华书店经销
字数230千字　　　880mm×1230mm　　1/32　　印张:10
2019年10月第1版　　2023年7月第7次印刷
ISBN 978-7-5596-3738-3
定价：46.80元
